LE FILS
D'YVONNE

DU MÊME AUTEUR

À l'ombre de la colline, éditions J.M. Lafont Lyon, 1981
Clément Ambroise, éditions J.M. Lafont Lyon, 1981
L'ombre d'une jeune fille, éditions R.T.L, Paris, 1986
Terre Sauvage, éditions Mon Village, Suisse, 1989
L'enfant du Rhône, éditions Mon Village, 1990
Augustin Mange-Lune, éditions La Mirandole, 1991
Les Feux du solstice, éditions La Tour Gile, 1992
Le Val aux Iris, éditions La Tour Gile 1993
Le Vent de neige, éditions La Mirandole, 1995
Prix de la ville d'Ambronay
et de la Société des poètes et écrivains de l'Ain 1997
Rhodanie « Ce pays d'où je viens »,
éditions La Tour Gile, 1994
Rhodanie « Le fleuve et la terre », éditions La Tour Gile,1995
Rhodanie « Coteaux et Collines »,
éditions La Tour Gile, 1996
Le Pays bleu, éditions Mon Village, Suisse, 1995
Hauteloup, éditions Mon Village, Suisse, 1996
Passent les nuages, éditions La Tour Gile, 1998
Les Fleurs du Talion, éditions Lyonnaises,1999
Lumière de neige, éditions La Tour Gile, 2000
Les Vestiges du temps, éditions Lyonnaises, 2000
Dieudonné, l'enfant des montagnes,
éditions Mon Village, Suisse, 2000
Le Domaine de Chêneloup,
éditions Mon Village, Suisse, 2003
L'Hôtel des noyeraies, éditions Mon Village, Suisse, 2004
Nous retournerons dans les collines,
éditions Mon Village, Suisse, 2006
Un Hiver pour aimer, éditions Mon Village, Suisse, 2007
Goupil d'Ardèche, éditions La Fontaine de Siloé, 2007
Les Princes de Taillevent, éditions Mon Village, Suisse, 2008
Les Bruyères écarlates, éditions Mon Village, Suisse, 2009
Le Mas Serpolet, éditions Lucien Souny, 2009
Une Famille du coteau, éditions Lucien Souny, 2010
Le Vent sur les longues terres (poche), éditions Lucien Souny, 2010
La Terre des retrouvailles, éditions Lucien Souny, 2011

Suzanne de Arriba

LE FILS D'YVONNE

Lucien Souny

Editions Lucien Souny, 2011
Les Allois • 87400 La Geneytouse

I

Un enfant courait.

C'était au pied des montagnes, mais déjà plus haut que le coteau en marches d'escalier, partant de la vallée du Rhône. A cet endroit nommé le Replat, bien que, plat, il ne le soit guère.

Le terrain inégal renfermait jalousement dans ses creux hameaux et champs, hommes et bêtes. Du côté où le soleil le matin allume le ciel blanc, sur un flanc de petite colline, on voyait d'exiguës terres à blé, à maïs ; et déjà des vergers petits et serrés annonçaient ceux plus importants de la région de Pélussin.

Des bosquets de pins sylvestres, de châtaigniers sauvages, prolongeaient les prairies à l'herbe courte, semées elles aussi de ces rochers bruns qui affleuraient partout sur la pente, comme des carapaces de tortues.

L'enfant qui courait venait d'une ferme à la fois longue et trapue, posée sur le crâne pelé d'une de ces éminences qui faisait du Replat, finalement, un endroit au relief multiforme et plutôt bosselé dans l'ensemble.

La ferme se rattachait au lieu-dit la Roussière ; elle en était la seule habitation. Le garçon avait des cheveux de la même nuance que le pan de ciel auquel le soleil déclinant conférait un bel or en fusion, nuancé de cuivre. Vêtu d'un pantalon court en toile et d'une chemisette ouverte sur une poitrine déjà dure et musclée, il mordait dans une petite pomme toute ridée mais parfumée, qui avait traversé les deux tiers d'une année sur son lit de paille ; une « reine des reinettes » que son oncle Fanfan aimait tant.

L'enfant courait toujours dans le vent léger, emporté par la déclivité de la pente. Quand il s'approcha davantage et qu'il aperçut, éparpillé sur le vert cru du pâturage revigoré par la dernière pluie, le troupeau d'ovins tout laineux, quasiment prêt pour la tonte, il s'arrêta.

Campé sur un rocher proéminent, il laissa son regard d'un bleu sombre et profond errer tout autour. Il vit le chien de berger qui portait le nom banal de Toby, puis une femme sous un pin martyrisé par les rafales.

Il sourit.

La jupe ramenée sous les jambes, les coudes aux genoux, les mains soutenant un visage sérieux sous une chevelure tordue comme une gerbe mûre, la femme était abîmée dans une rêverie profonde ; son regard était fixé bien au-delà de ce que révélait l'horizon, devant elle.

— Ohé, maman ! cria Pascal.

La mère sursauta.

— C'est moi, maman. J'arrive !

Elle se retourna. Elle était jeune encore, mais on n'aurait su lui donner un âge précis. Son visage était lisse, mais l'impassibilité de ses traits figés comme ceux d'une statue lui conférait une beauté sans âme pour animer sa froide perfection.

Yvonne aperçut son garçon debout sur le rocher ; son visage, gelé jusque-là, eut un frémissement. La vie s'y installa, y demeura, restituant enfin une émouvante féminité à cette créature impassible.

— Approche, Pascal ! cria-t-elle à son tour.

L'enfant était blond et sympathique. Il plaisait à Yvonne que son fils ressemblât chaque jour davantage à ses propres frères, le pauvre Jeannot – surnommé Nanot –, mort à vingt ans en Algérie, et François, dit Fanfan, qui achevait son service militaire. Conçu dans la vallée et né sur le Replat, Pascal, lui, était d'ici. De la Roussière. Comme elle. Comme eux tous, les Planchet.

Le gamin sauta, mordant toujours sa pomme. En quelques bonds, il rejoignit la bergère. Il se jeta dans l'herbe près d'elle, flattant le chien dont la queue mince cinglait l'air de contentement.

Peu loquaces l'un et l'autre, ils appréciaient le silence des espaces déserts et ils goûtaient, recueillis, la paix vespérale qui baignait le Replat.

La mère posa sur son fils un regard soucieux. Pascal était un bon garçon, plus intelligent que Fanfan, qui était pourtant loin d'être sot. Pascal se montrait rarement expansif avec elle mais la mère savait que son enfant lui portait une immense tendresse, assortie d'un grand respect, ce qui n'était plus tellement courant.

Cette certitude l'encouragea alors à parler la première et elle demanda avec sa voix habituelle :

— Qu'a dit le conseiller d'orientation ?

Pascal avait fréquenté jusqu'à présent une école privée, partant le matin, rentrant le soir. A quatorze ans, il venait d'obtenir son brevet élémentaire avec beaucoup d'avance.

— Tu passes en seconde, bien sûr ?

— Écoute, maman, l'enseignant a dit que je perdrais mon temps à poursuivre dans cette voie. Il sait que l'agriculture m'intéresse et seulement cela. Cet homme prétend qu'il peut me faire entrer au lycée agricole, dans la vallée. Pour l'inscription, il est temps. Si je travaille, je pourrai en sortir avec un BTS.

— Un BTS ?

— Un brevet technique supérieur.

— Et toi, le désires-tu ?

— Je le désire plus que toute autre chose, maman.

— Mais ce lycée est très loin de chez nous.

— A vol d'oiseau, trente kilomètres. La vallée n'est pas le bout du monde tout de même, fit remarquer l'adolescent.

Il se rapprocha et, à genoux près d'elle, il dit, gravement, avec sa voix qui ne muait pas encore, des mots d'homme qui frappèrent Yvonne par leur justesse :

— Toi et moi, nous vivons à la Roussière depuis treize ans, sur le bien de tes parents, et tu sais que, ce bien, c'est à leur fils Fanfan qu'ils le destinent plus tard. Jeannot est mort et toi tu as eu ta part en argent quand tu t'es mariée.

— Ça représentait peu de chose, tu sais, et cet argent je l'ai dépensé pour mon ménage, j'ai acheté des meubles qui n'existent plus aujourd'hui.

Yvonne n'avoua pas qu'elle en avait placé une partie ; elle pourrait y toucher, à présent, pour les études de son fils. Mais ça ne regardait qu'elle.

— Tes parents nous gardent ici à la Roussière parce qu'ils nous aiment, mais, maman, rien n'est à toi, rien n'est à nous, pas même ces quelques moutons que tu fais pâturer.

La femme réfléchit un moment, grave, elle aussi. Le paysage austère, âpre, mais non dépourvu de beauté, qui l'entourait semblait avoir été créé exprès pour elle.

— De suivre les études au lycée agricole changera-t-il quelque chose à ta destinée ? demanda-t-elle au bout d'un moment.

L'enfant saisit un agneau qui s'était aventuré près d'eux. Un agneau frisé, d'un blanc roussâtre, au museau noir.

— Tu ne m'as pas répondu, Pascal.

Il tressaillit, pressa contre lui l'animal effaré. Et, au milieu des bêlantes protestations de la petite bête, l'enfant jeta fermement les arguments qu'il avait préparés.

— Là-bas j'apprendrai la théorie et aussi la pratique. Et quand je sortirai de ce lycée j'aurai des diplômes et ça compte à présent. Je connaîtrai tout des méthodes nouvelles.

— Si ta grand-mère t'entendait... Lorsque Fanfan parle de nouveautés, tu sais combien ça l'agace.

— Grand-mère n'a pas à se faire du souci. Ce n'est pas à la Roussière que j'appliquerai mes méthodes.

— Et où cela, j'aimerais bien le savoir !

— Sur des terres que tu as laissées derrière nous. *Des terres à moi,* maman.

Yvonne recula, effrayée, comme s'il l'avait menacée. Et le gamin de poursuivre :

— J'ai entendu dire qu'on avait modifié le cours du fleuve dans la vallée. Je sais que l'on t'a obligée à vendre les terres dans les îles, mais pas celles du coteau, ni les vignes dont mon oncle Toni s'occupe en mon nom. Maman, est-ce que tu sais que les premiers ceps de vigne apparurent en Gaule celtique sur les escarpements de nos coteaux, dominant la vallée où le Rhône à cette époque coulait impétueux, libre encore de faire éclater ses colères ?

— Bien sûr, Pascal, ton père me l'a raconté et souvent. Les Romains ont apporté la vigne dans leurs bagages. Ensuite nos vainqueurs introduisirent l'amandier, le cerisier, le pêcher et surtout l'abricotier d'Asie Mineure.

— La vigne et les arbres fruitiers ont toujours passionné la famille Marrion. Moi aussi je suis un Marrion. Mon père m'a laissé un héritage de bonnes terres. Moi, un jour, je veux les reprendre. Je les reprendrai.

La femme restait impassible. En apparence. Mais déjà une pâleur légère sur son beau visage figé attestait de son émoi. Elle médita une minute qui parut sans fin à l'enfant.

— Pour ces terres, mon fils, dit enfin Yvonne, c'est vrai, elles sont tiennes, en partie, car j'ai aussi ma part dessus, moins forte que la tienne, mais elle compte.

— Ta part, je la rachèterai, maman, ou je te donnerai en argent chaque année ce qu'elle rapporte. Je te ferai riche, moi !

La femme ne put s'empêcher de sourire devant ces calculs d'homme avisé.

— Ne t'inquiète pas pour ces détails. Tu t'occuperas du bien que ton père nous a laissé quand le moment sera venu. Tu le reprendras ou bien tu le vendras. Comment peux-tu savoir à l'avance ce que tu auras envie de faire dans cinq, six ans ? Tu as tout le temps de peser le pour et le contre. Tu pourrais peut-être devenir ingénieur agronome, qui sait ?

— Je n'aurai pas besoin d'en arriver là pour m'occuper de mon bien.

— Pascal, tu as le temps d'y penser, répéta Yvonne. Cependant, quel que soit ton choix, plus tard, je m'inclinerai.

Soudain, Pascal en douta. Mais, prudent, il s'abstint de tout commentaire. Il libéra l'agneau qui caracola sur la pente avant de rejoindre sa mère et le gros du troupeau. L'ombre du pin se rapetissait. Le ciel devenait sanglant. Et l'adolescent se représentait les reflets du soleil sur le fleuve, dans la vallée. Il avait grandi ici, il aimait cet endroit, et pourtant quelque chose l'attirait vers la faille où coulait le Rhône.

Il avait senti cela très tôt, mais personne ne s'en était aperçu, même pas son oncle Fanfan à qui il se confiait parfois.

L'enfant revint à la charge.

— Pour le lycée agricole, maman, qu'est-ce que *nous* décidons ?

— Mais tu iras, bien entendu, soupira-t-elle. Je serai malheureuse en te sachant interne, mais j'accepte tout parce que là-bas tu recevras une bonne instruction, sur tous les plans. Néanmoins, ne te figure pas que ma décision a quelque chose à voir avec ce que nous avons dit de tes terres.

Pascal ne retint que cela : sa mère acceptait ! Il revint tout près d'elle et eut un geste de reconnaissance.

De ses jeunes bras, fermes et bronzés, il entoura la taille d'Yvonne. Puis, sa tête blottie au creux de sa jupe, avec fougue, il s'écria :

— Merci, merci, maman ! Mais il faut que je te dise : si je veux le lycée, je refuse l'internat. Je ne pourrais pas vivre enfermé la nuit dans une seule pièce avec des garçons que je ne connais pas. Tu sais combien j'aime être seul. Comme toi d'ailleurs, alors tu peux comprendre.

Lentement, Yvonne caressa les cheveux drus de son fils et les lissa avec le même soin que les brebis mettent à lécher la toison de leur progéniture.

— Pascal, Pascalou… Je ne vois pas comment tu pourrais échapper à l'internat. Il n'y a pas d'autocar régulier, de la vallée à la Roussière. Et puis c'est bien trop loin pour faire ce trajet chaque jour.

Pascal enserra plus fort sa mère entre ses bras vigoureux. C'était calculé de sa part afin de mieux faire admettre une idée qui trottait dans sa tête.

Il en fit part sans attendre :

— Il y a une solution, maman !

— Vraiment ? Et laquelle ?

— Mon oncle Toni !

— Pascal ! Qu'est-ce que tu racontes ?

— Maman ! Je pourrais habiter chez Toni pendant la semaine. Le lycée n'est qu'à quelques kilomètres de sa maison. Avec mon vélo, ça me prendra un quart d'heure. Et, chaque samedi, je remonterai chez nous par l'autocar.

Il haletait, tel un athlète après une longue course. Sa nervosité était évidente. Pascal, comme son oncle Fanfan, était un faux calme. Pour l'apaiser, Yvonne posa une main sur le front de l'enfant. Il en profita pour s'en emparer et y coller des lèvres tièdes, comme il le faisait tout petit.

Mais la femme ne disait toujours rien. Le garçon savait, bien sûr, sans en connaître les causes exactes qui se situaient en deçà de l'inondation, qu'un pénible dissentiment séparait sa mère de l'oncle Toni, le jumeau de son père mort tragiquement pendant une crue terrible du Rhône.

Le jeunet n'avait pas réalisé jusqu'alors le poids de sa démarche : d'abord le lycée agricole, ensuite des projets d'avenir qui contrariaient son interlocutrice et, pour finir, l'hébergement chez Toni.

Affolé, il pressa plus fort ses lèvres sur la main un peu rêche de sa mère, qui sentit des larmes l'humecter.

Le gosse souffrait. Il avait peur. La bergère s'en émut. Car elle aimait son enfant. Elle l'aimait plus que tout au monde.

Pour le lycée agricole, la cause était entendue, elle n'y reviendrait pas. Restait l'internat. Elle imagina son fils pensionnaire, enfermé le soir dans un dortoir, lui qui était habitué à se coucher quand il voulait, lui qui vagabondait tard autour de la Roussière, lui qui se relevait parfois au milieu de la nuit quand une vache ou une brebis prêtes à mettre bas le tenaient en souci, ou simplement pour regarder les étoiles, comme ça, pour le plaisir.

Lui, indépendant et farouche, soudain mêlé à une cohorte de garçons plus âgés que lui, certains grossiers et brutaux, voire cruels, qui le briseraient peut-être ? Et même s'ils l'acceptaient, le toléraient, comment pourrait-il subir leurs conversations futiles portant sur les chanteurs, les stars, la musique, la politique même ? Il aurait la tête pleine à éclater de leurs cris, de leurs rires gras, de leurs chamailleries et sûrement de leurs moqueries ; venant des coteaux, il serait toujours considéré comme un « plouc » ou un « péquenot » !

Comme il serait le premier en tout, ces garçons obtus ne tarderaient pas à le jalouser. Et il était beau, intelligent. Sensible. Droit. Il en faut moins que cela pour susciter l'étonnement, l'envie, la raillerie. La nuit, il tremperait son traversin de larmes plus acides que celles qui brûlaient en ce moment le dos de sa main. Non ! Il valait encore mieux Toni et son hospitalité.

Vaincue, la mère soupira.

— J'irai parler à ton oncle, bientôt.

Pascal se releva. L'orage qui avait assombri ses yeux s'était brusquement effacé, remplacé par un éblouissant ciel d'été.

— Oh, maman, s'écria Pascal avec gratitude, comme je suis heureux !

— Ne t'emballe pas trop ! Toni ne voudra peut-être pas de toi !

— Maman ! Ne sois pas pessimiste. Pourquoi Toni ne voudrait-il pas ? Je suis sûr, au contraire, que mon oncle sera bien content.

D'avance, l'enfant repoussait tous les obstacles. Du bout des doigts, il envoya un petit baiser à sa mère et il s'enfuit.

Sa joie trop grande, il fallait que Pascal l'emporte, qu'il la cache. L'enfant remonta la pente en courant. Devant le sentier qui partait vers la forêt, il hésita un peu ; les bois étaient davantage le fief de son oncle Fanfan que le sien, peut-être à cause d'Angéline — on la surnommait Géline —, la petite-fille de Zélie.

Alors Pascal choisit de filer vers la ferme. Négligeant la tonnelle et le banc qu'elle abritait, il courut vers le fenil, escalada les degrés de l'échelle et se jeta dans le foin rentré depuis peu, qu'un homme complaisant du village avait coupé pour eux en l'absence de Fanfan.

Un chat dormait, tout près. Pascal l'attira entre ses jambes et le caressa d'une main distraite. Il ne pensait pas à tout ce qu'il allait laisser. Il ne songeait qu'à la vallée et à ce qu'il y trouverait.

*
* *

Yvonne avait suivi son fils du regard aussi longtemps qu'elle avait pu. Quand Pascal eut disparu derrière la construction basse, crépie grossièrement en blanc, depuis un moment déjà elle ne regardait plus les cimes du pâturage.

Elle souriait.

Tristement.

Elle contempla l'horizon tout bossu et les bois proches. Le vent du soir se faufilait, apaisant, après l'ardeur irritante des heures chaudes de cet après-midi de juin.

Bientôt elle rentrerait les moutons. Sa mère, Marie Planchet, devait être en train de traire leurs quelques vaches. Ensuite elle s'occuperait de son père, Jules, affligé d'une polyarthrite qui le rendait chaque jour un peu plus dépendant.

Bientôt, la nuit tomberait et avec elle viendrait la solitude, la terrible solitude, celle qui ne console pas, qui affole l'esprit en proie aux angoisses nocturnes. Le sourire d'Yvonne trembla, mais ne s'effaça pas. Il perdit sa tristesse. Car ici, seulement ici, dans ces lieux où elle avait grandi, dans la paix sublime de ce désert composé de maigres pâtures, de rocailles et de genêts, elle pouvait appliquer sur sa douleur le baume des souvenirs.

Et, si sa chair était morte avec Nando, son cœur à la mémoire fidèle pouvait s'animer rien qu'à revivre, dans le passé, ce qu'il y avait de bon et de beau.

*
* *

On est à la mi-octobre. La brume tout le matin a empanaché les éminences inégales. A la fin du mois, les bêtes rentreront à l'étable pour la durée de l'hiver, troupeau important, composé de chèvres et d'une majorité de moutons. Yvonne en a la charge et ça lui plaît. Son frère cadet, Jean, dit Nanot, vient de mourir en Algérie. Avant, il travaillait les terres de la Roussière avec le père, que la maladie n'avait pas touché encore. Fanfan n'était alors qu'un tout petit garçon.

Elle est assise là, presque à la même place que ce jour de juin, sous le pin tordu dont l'ombre ne lui est plus nécessaire, tellement le soleil est devenu pâle et passe trop rapide sur la campagne résignée.

Elle a vingt ans, elle est déjà farouche et secrète. Mais sa bouche sait rire et chanter, et ses cheveux souples croulent en nappes ondulantes sur ses belles épaules.

Ce jour de la rencontre, Yvonne est encapuchonnée dans un châle ; l'air est froid. Sa jupe est bien entortillée autour de ses jambes et seul son visage s'offre à la timide caresse du soleil. Les deux hommes sont arrivés par le bas de la pente. Ils portent chacun un fusil à l'épaule. Ils ne marchent pas comme les hommes d'ici qui, à tant se pencher sur la terre dont ils essaient de tirer leur subsistance, vont toujours le dos un peu fléchi, le pas pesant.

Ils se rapprochent…

Yvonne a vu qu'ils sont jeunes. Elle a vu aussi qu'ils sont semblables, tels deux agneaux d'une même portée.

Ce sont des jumeaux, des *bessons*.

Elle n'a pas bougé. Ils se sont arrêtés. Ils la découvrent, ils la regardent. Ils sourient. Ils sont vêtus de velours côtelé et leur tête est nue sans béret enfoncé jusqu'aux yeux comme en portent les gars d'ici.

— Bonjour ! disent-ils ensemble.

Parce qu'elle est polie, Yvonne répond à la salutation. Mais elle se tient sur ses gardes et sur la défensive, tant sa méfiance envers ceux qui sont étrangers à la région est forte.

— Où se trouvent les bois du Replat ? demande le plus hardi des deux. Paraît qu'ils sont giboyeux.

Elle se lève et sans un mot elle leur montre, sur la gauche, dans une aisselle de colline, les frondaisons rouges et dorées des bois de châtaigniers et de hêtres, où se mêlent, en lisière, les taches vertes des pins.

Plus haut, en direction de Pélussin, les bois de sapins abondent, alternant encore avec les pins sylvestres.

Le châle d'Yvonne a glissé, et, dans la fugitive lumière du couchant, elle apparaît toute blonde, peinte d'or de la tête aux pieds, en passant par les bras nus et les jambes hâlées ; comme si ce soleil, qui fuyait, s'était au passage appuyé un instant contre elle, l'imprégnant de son éclat.

Les deux inconnus paraissent subjugués. Ils ouvrent de grands yeux admiratifs. Le plus bavard des deux jumeaux, celui qui a demandé la direction des bois, questionne encore d'une voix claire qu'elle n'a plus jamais oubliée :

— Quel est ton nom, fille des hauteurs ? Les bergères sont bien jolies par ici !

Négligeant de relever le compliment et de répondre à la question, elle dit :

— Vous n'êtes pas des environs.

Le premier reprend :

— Non. Nous arrivons de la vallée.

Elle se baisse, pour ramasser son châle. Celui qui ne dit mot, prompt, l'a saisi avant elle et le lui tend.

Leurs doigts se frôlent ; l'inconnu a pâli. Les regardant tour à tour, elle dit alors, sentencieuse :

— Garçons de la vallée, chassez tout votre saoul dans les bois qui prolongent le Replat autour de la Roussière. Mais, si vous longez des champs de maïs, n'y entrez pas, surtout. Nous avons du mal à le faire pousser par ici et les propriétaires ne seraient pas contents.

Le premier des frères, celui qui semble pétri de hardiesse, rassure aussitôt Yvonne :

— Nous respecterons le maïs ! Nous ne sommes pas d'enragés chasseurs. Nous sommes des fils du fleuve ; ce qui compte avant tout pour nous, ce sont les joutes, les courses en barque sur le Rhône. Mais en ce moment le fleuve est gros. La saison des challenges est terminée. Et nous voici donc chassant le lièvre et traquant le faisan. Dis, fille, quel est ton nom ?

Devant son mutisme, il s'étonne, il s'impatiente un peu. Il se tourne vers son frère tout en déclarant :

— Nous sommes les jumeaux Marrion. Lui, celui qui ne parle pas beaucoup, c'est Toni. Moi, c'est Fernand, appelé Nando. Et toi, dis ton nom à présent, c'est ton tour !

Il sourit, presque câlin. Mais il attend la réponse avec un peu d'anxiété. Le cœur de la bergère fond, et toute remuée par quelque chose de nouveau, de chaud, de douloureux aussi, elle murmure timidement :

— Je m'appelle Yvonne !

*
* *

Yvonne soupira, rangea son ouvrage dans son panier. *Nando, mon cher amour*... Le pin n'avait plus d'ombre du tout, le ciel était blanc comme au matin. A l'ouest, une longue traînée rouge masquait la fuite du soleil. L'herbe courte exhalait une odeur fraîche et pénétrante.

Elle siffla le chien qui vint aussitôt, oreilles dressées.

— C'est l'heure, Toby !

Toby obéit aussitôt. Peu à peu, il encercla les moutons qui se regroupèrent en bêlant. Yvonne se souvint du magnifique bélier qu'on avait autrefois, aux cornes torsadées, le chef du troupeau qui, docile, suivait ce meneur jusqu'à l'étable.

Le chien se surpassait, débordant de zèle et d'ardeur, connaissant son travail. S'avisant d'une absence, il s'éloigna en jappant furieusement, le nez sur les traces de l'égaré qu'il ramena bientôt. Le troupeau s'ébranla enfin. Et Yvonne permit aux souvenirs de poursuivre en elle leur cheminement quotidien.

*
* *

Les jumeaux de la vallée sont revenus le samedi suivant. Puis tous les samedis. Et tous les dimanches de l'automne. Elle a appris qu'ils sont orphelins depuis l'âge de quatorze ans, qu'une parente les a pris en charge jusqu'à leur majorité. Elle est décédée récemment, cette brave femme ; ils sont seuls. Le premier jumeau a déjà sa maison au bord du fleuve, au milieu des terres engraissées par les alluvions accumulées par le flot au cours des ans, lorsque les amples crues d'antan déposaient sur les berges et les terres inondées leur limon fertile.

Le second jumeau a hérité de l'autre maison de leur famille, sise dans le haut de la ville, et il y a ouvert un atelier de menuiserie.

Bien bâti comme son frère, Nando est cependant le plus souple, et chacun de ses mouvements dégage une sorte de grâce. Ils sont bruns l'un et l'autre, mais la chevelure de Nando est plus longue, bouclée au front et à la nuque, et plus brillante que celle de son frère.

Ils ont un beau visage aux traits réguliers, et semblable.

Mais celui de Nando irradie le charme !

Leurs yeux sont de la teinte rare qui mêle le bleu et le vert en les dissociant parfois.

Mais les yeux de Nando sont les plus expressifs, vifs souvent, et tendres à chavirer le cœur des femmes.

Tous deux sont bons, loyaux, généreux, travailleurs.

Mais Nando, en plus, a la gaieté, la parole aisée, coulant comme la source babilleuse, avec des mots dansants et fleuris.

Tous deux l'aiment.

Elle aime Nando.

Et Toni surmonte vaillamment sa déception, heureux avant tout du bonheur de son jumeau.

Au printemps, Yvonne a suivi Nando dans la vallée.

Il l'a installée dans la maison du fleuve. Et elle, la fille farouche des coteaux, elle est devenue la femme comblée d'un fils du Rhône.

— Toby, Toby, dépêchons, bonne bête…

Le troupeau avança, pressé d'échapper à la dent aiguë du chien sur les jarrets, Toby ne tolérant aucun écart, aucun retard. Le crépuscule descendait du ciel apaisé. Des pigeons, en vol serré, s'abattirent sur le toit de la ferme. La pente glissait sous le piétinement précipité de la troupe laineuse.

Là-haut, près de la barrière ouverte en grand sur la cour de la Roussière, un enfant blond agitait les bras, joyeusement.

Pascal.

II

François Planchet — dit Fanfan —, le frère cadet d'Yvonne, se sentit mieux dès qu'il se glissa hors de ses habits militaires.

Il marchait les yeux fixés sur le mont Pilat dont la pointe égratignait le bleu du ciel. Ici les montagnes ne sont pas hautes, mais, avec du recul, on se rend compte de leur majesté. Quand le regard de Fanfan survolait les sapinières, il discernait en habitué l'éparpillement des creux et des bosses, les coulées de granit — appelées chirats — et les ombres longues des fentes ouvertes dans la terre comme des blessures.

Sur le versant plus ensoleillé où nidifiait Pélussin, s'ouvraient des vals riants, adoucis ; on y sentait déjà la bienveillance chaleureuse de la vallée du Rhône.

Par moments, Fanfan riait tout seul et il s'amusait à fermer les yeux, le temps de quelques pas. En vérité, même les yeux bandés, rien qu'en se laissant mener par les odeurs, il aurait retrouvé le chemin de la Roussière.

Tout semblait différent chez eux. Même les arbres. Enfant, le fils Planchet avait eu la certitude qu'ils étiraient sur lui leurs bras protecteurs pour lui donner ombre et fraîcheur, un abri, ou de la musique avec la complicité du vent et des oiseaux.

Et, lui, il les aimait comme des créatures.

De nouveau, tous ses sens aiguisés étaient en éveil et aussitôt comblés. Le sang vert des prairies coulait avec le sien, comme avant. Quand il se jetait sur le sol pour prendre un peu de repos, il avait l'impression de se fondre à la terre, de s'y diluer. D'étranges métamorphoses se faisaient en lui, des échanges s'opéraient. Il n'aurait pas été surpris, en se relevant et en regardant ses pieds, d'y voir des racines à la place.

Déjà, le garçon dressait l'inventaire de tout ce qu'il allait retrouver, des choses, des êtres dont il tirerait ses joies dans les jours à venir, et indéfiniment. La Roussière elle-même et ses alentours — qui pouvaient se prolonger fort loin. Le cheval, les vaches et les moutons de sa sœur Yvonne. Toby. La bande des chats, d'un côté.

Et de l'autre, le père et la mère — oui, même elle malgré sa froideur —, et bien sûr Yvonne et le gentil Pascalou, son neveu. Sans oublier Géline.

Ses pas l'entraînaient vers le haut, il n'était plus fatigué, il coupait à travers champs et prairies, mû simplement par son instinct. Il y avait le moment où l'on semblait curieusement redescendre, mais c'était pour mieux remonter, et enfin on se trouvait sur le Replat exposé à tous les vents. Mais le vent, ce jour-là, ne soufflait qu'avec une sorte de nonchalance heureuse. Un sang plus vif courant dans ses veines, Fanfan s'arrêta et regarda autour de lui.

Il était de retour et il tirait un trait sur ces mois passés si loin. On l'avait envoyé en Alsace ! Là-bas il vivait comme un automate. On marchait beaucoup. Ça ne le dérangeait pas trop, il avait l'habitude. Il ne remarquait rien des paysages, ses souvenirs de la Roussière lui bouchaient les yeux. La mère n'écrivait pas. Ni le père. C'était Yvonne qui se chargeait de la correspondance. Elle ajoutait en bas de la page : « *Bons baisers des parents.* » Il écrivait de petits mots brefs adressés à toute la famille et qui exprimaient malgré leur parcimonie ce qu'il ressentait exactement. « *Ça ne passe pas vite. Je languis de chez nous !* »

A Géline, il écrivait plus longuement. Les mots lui venaient avec plus de facilité, destinés à cette petite fille. Elle lui envoyait au moins deux lettres par semaine. Elle disait les choses joliment et elle ne faisait pas comme lui des fautes d'orthographe. Un copain de chambrée, venu de Clermont-Ferrand et qui était atteint de la même maladie nostalgique, l'assurait, après avoir lu des passages de ces lettres, que Fanfan lui montrait.

Les derniers temps, les lettres devenaient plus tendres, plus personnelles ; Fanfan ne les faisait plus lire.

Leur amitié d'enfance s'était étoffée et en même temps resserrée de liens subtils tout au long de cette interminable séparation. Quand le garçon rageait, persuadé de perdre un temps précieux en manœuvres ou corvées, trouvant les soirées mornes au foyer, les sorties inutiles dans cette ville de Colmar qui ne l'attirait pas, car il s'y sentait dépaysé, il relisait les lettres de Géline.

Bien mieux qu'Yvonne, elle savait parler de là-bas. Elle lui rendait en quelques mots les parfums puissants du Replat. Peu à peu, Géline prenait une grande importance pour ce garçon qui se considérait en exil. Il n'avait pas d'argent, malgré les réductions SNCF, pour revenir en permission souvent. Et ça faisait trop loin. C'était trop compliqué pour partir de Vienne ou de Lyon en direction du coteau. En autocar, il y aurait passé tout son temps. A peine arrivé à la Roussière qu'il lui aurait fallu repartir. Il n'avait pas revu Géline depuis des mois et la redessinait à son gré. Il reléguait dans le passé l'enfant maigrichonne qu'il avait connue, transformait l'adolescente menue en une femme qu'il pourrait aimer et qui l'aimerait aussi, et pas seulement en paroles.

Elle l'attendait. Elle le disait. Personne d'autre que lui ne l'intéressait. Elle n'allait pas au bal avec les filles du village et ne s'imaginait même pas en train de plaisanter avec un garçon. C'était avec lui qu'elle voulait danser et rire. Est-ce qu'il se souvenait de la dernière fête, à la salle municipale ? Oui, Fanfan se rappelait. Bien sûr il n'aimait pas beaucoup danser, mais il avait voulu lui faire plaisir et finalement ça n'avait pas été si désagréable.

Et il s'attendrissait à distance, son stylo à bille courait sur le banal papier à lettres rayé, promettant d'autres bals, d'autres fêtes. Il lui avait donné la date exacte de son retour et avait signalé, après de longs et minutieux calculs, qu'il passerait au début de l'après-midi près du ruisseau au lieu-dit la Moille.

A cet endroit, le ruisseau était grossi par cinq ou six rus, minces filets d'eau, larmes des hauteurs, et l'herbe y était très verte. Les arbres, aulnes et saules-osiers, lui cachaient encore le cours d'eau, mais il respirait sa fraîcheur acide, dans l'air. On avait jeté un tronc pour passer au-dessus, parce que le gué était submergé — ce qui arrivait rarement. Le vent si paresseux ce jour-là fit bouger mollement les longues branches traînantes d'un saule et Fanfan vit une tache claire. C'était Géline en robe de coton ; debout de l'autre côté, les yeux mi-clos, elle offrait son visage au baiser du vent.

— Géline ! cria-t-il.

Elle sursauta, écarta les branches retombantes et le vit.

— Fanfan ! Fanfan !

Son regard exprimait une joie violente et pure. Ils se tenaient chacun d'un côté du ruisseau barré par le tronc liant les deux rives, sans parler, rendus muets par l'émotion.

Puis Fanfan s'élança en courant, au risque de perdre l'équilibre sur ce pont de fortune. Traversant le rideau léger des branches retombantes, il jeta son sac dans l'herbe et attrapa Géline surprise par tant de fougue. Il la serra dans ses bras comme il ne l'avait jamais fait, même en rêve.

Personne, alentour. Ils étaient seuls sur terre. La configuration de l'endroit était telle, le berceau de la Moille si abrité, qu'aucun regard indiscret ne pouvait surprendre leurs retrouvailles. Fanfan pouvait prodiguer à Géline les marques — un peu maladroites — d'une tendresse qui avait mûri pendant des mois. Géline manifestait, elle aussi, par des soupirs, des regards, des rires, une attitude enfin, son immense bonheur de le retrouver. La température ambiante était élevée, mais sous les arbres on n'en souffrait pas. Le seul bruit qu'on percevait était la fraîche respiration de l'eau. De grands éclairs de chaleur au-dessus des vergnes et des saules-osiers mettaient par moments la soie légère du ciel en lambeaux, mais, cela non plus, ils ne le remarquaient pas.

— Tu as changé de coiffure, Géline.

— Pas vraiment. J'ai simplement laissé libres mes cheveux. Tu aimes ?

— J'aime. Comme ça tu fais plus « grande » !

Les cheveux dénoués de Géline glissaient sur ses épaules étroites comme une nappe d'eau brillante. Fanfan recula d'un pas pour la regarder, pour l'admirer. La vie bouillonnait dans ses veines ; une marée, venue du fond des âges pour l'emporter dans la grande ronde du cosmos, submergeait tout.

Fanfan était un garçon trop simple pour s'analyser, mais il comprenait que ses sentiments pour Géline allaient tellement plus loin qu'une faim d'épiderme ou une brusque fringale de la chair. Il venait de se renouveler comme l'herbe fragile renaît de l'hiver, avec une espérance neuve en la vie, en son devenir.

Il lui semblait être le premier homme à éprouver cela, à porter en lui ce cœur démesuré, et son jeune visage, où couraient tous ces sentiments nouveaux, ressemblait au ciel quand le sillonne la course folle des nuages poussés par des vents contraires.

Il reprit Géline contre lui. Il la pressait plus fort. A l'instant où il sentit contre sa poitrine, à travers le tissu léger de sa chemise, la pointe dure des petits seins de son amie, tout bascula, et sa tendresse exaltée fut distancée par une pulsion brutale.

Entre les branches, le bleu du ciel se décolora et fit place à l'horizon rouge du désir. Comme Géline levait les yeux sur lui, confiante et si enfantine, il s'apaisa un peu, tout repris de plus justes proportions et sa joie continua de chanter, plus forte que l'instinct aveugle.

Cependant Géline avait perçu le bref changement en son ami, et, pensive, elle le contemplait. Le moment semblait venu d'échanger quelques mots. A propos de ce retour. Et d'eux-mêmes, peut-être.

— Fanfan, tu es heureux de rentrer à la Roussière, je le sais, mais…

Elle hésitait.

— Mais quoi, Géline ?

— Je te trouve changé.

— Changé en mieux, j'espère. Si tu savais comme je suis content de te retrouver !

Elle prit une de ses mains, la serra fort entre ses doigts à elle et la porta à ses lèvres en un geste plein de candeur autant que de naïve admiration.

— Tu es devenu si beau ! Moi aussi, Fanfan, j'ai tellement attendu ce jour !

Au contact des lèvres douces sur sa peau, il tressaillit. De nouveau, tout oscillait. Une réflexion née en lui avec la fulgurance de l'éclair se muait déjà en intention. Avec Géline, toute palpitante de la tendresse qu'elle lui vouait, l'amour, ça serait bon, meilleur qu'avec ces filles qu'il avait rencontrées là-bas, quelquefois, pour tuer le temps plus que pour rechercher un quelconque apaisement.

— A quoi tu penses encore, Fanfan ? Te voilà tout silencieux.

— Mais je pense à toi, Géline. A nous, dit-il, mais il baissa les yeux pour lui cacher son regard, chargé d'un trouble qu'elle n'aurait pas compris, pas admis encore.

Parce qu'il était trop tôt.

III

Le jour qui suivit le retour de son frère, Yvonne Planchet choisit d'aller vers la vallée, vers cette petite bourgade où Toni Marrion vivait.

Elle en était partie quatorze ans plus tôt environ et n'y était jamais retournée.

A présent, même sur le Replat, tout le monde avait une voiture, si ce n'était pas deux. On était en 1977, la crise s'était installée et l'essence n'arrêtait pas d'augmenter. Les Planchet, eux, n'étaient pas dans le coup. Fanfan avait passé son permis de conduire, mais on n'avait jamais pu réunir assez d'argent pour acheter une auto à peu près potable. Le crédit ? Ça ne concernait pas cette famille.

L'argent, pour sa part, Yvonne s'en passait, mais elle savait que son fils Pascal serait un jour exigeant comme le devenait Fanfan. D'ailleurs, on ne pouvait pas, *à ce point*, se différencier des autres.

Si Pascal vivait dans la vallée, il changerait encore plus vite.

L'odeur du car l'indisposait. Elle tenait parfois son mouchoir devant son visage. Et elle regardait s'éloigner les collines et les fermettes dans leurs plis, s'amenuiser les petits carrés ocre des champs difficiles d'accès, les vergers étroits où les fruits mûrissaient toujours plus tard que ceux de la vallée.

Une frange de maïs soulignait le bord de la route toute en virages. Les terres, sur la pente qui commençait à s'adoucir un peu, devenaient plus restreintes. Les vignes remplaçaient les champs. Elles s'étageaient en rangées régulières. En lettres énormes, sur des pancartes géantes, elles signalaient le nom des propriétaires, viticulteurs renommés, détenteurs d'appellations contrôlées.

Çà et là s'éparpillaient des amandiers dont les houppes blanches et floconneuses moussaient bien avant la fin de l'hiver et se confondaient parfois aux giboulées, voire aux dernières neiges.

Le climat convenait à merveille pour la vigne et toutes les essences d'arbres fruitiers. La chute de l'Empire romain — Nando l'avait expliqué à Yvonne — avait vu la fin des premiers vergers cultivés et entretenus avec soin. Les coteaux perdirent alors très vite leur aspect prospère et se recouvrirent de friches et de bosquets sauvages. Nés de noyaux enfouis dans le sol, des griottiers, des cerisiers s'épanouissaient çà et là dans les broussailles, car dans la nature rien ne se perd jamais, assurait encore Nando.

Au Moyen Age, les cultivateurs les recherchèrent. Ce fut la réhabilitation du cerisier. On apprit à les greffer, au fil des siècles. C'était l'époque des arbres de plein vent, à la couronne majestueuse, mais bien difficiles d'accès. Les noix, les abricots, les prunes, on peut les récolter en secouant l'arbre. Pas question pour les cerises. Qu'à cela ne tienne ! Les gens de la vallée et des coteaux inventèrent *l'écharasson*, une longue échelle mince, plus effilée à la cime et d'un seul montant, lequel est traversé de barreaux. Yvonne le savait, l'écharasson n'avait pas varié depuis l'époque où on l'avait créé. On en vendait parfois sur le Replat et dans les environs, à la foire aux échelles. Vingt-cinq centimètres espaçaient les degrés. Il pouvait grimper jusqu'à six mètres.

L'autocar ralentit à un coude que formait la route étroite. Le cœur serré, Yvonne se pencha contre la vitre. Pour elle, ce voyage d'une vingtaine de kilomètres, loin de son hameau au pied du mont Pilat, avait été toute une expédition. Et soudain elle vit la petite bourgade étendue nonchalamment au pied du coteau. Depuis Givors, elles se succédaient toutes, le long de la nationale. Loire-sur-Rhône, Sainte-Colombe en face de Vienne, Ampuis, Condrieu, Serrières… On était bien loin de l'âpreté des collines d'où la femme arrivait ; où, après le drame, elle était remontée pour s'y terrer comme une bête malade.

D'abord elle reconnut l'église et son campanile, où l'on distinguait en liberté la même grosse cloche d'un brun doré. Elle reconnut ensuite les vieilles maisons coiffées de tuiles rouges ou bistre à la romaine, mais, en découvrant des groupes d'immeubles neufs à plusieurs étages et des ensembles de belles villas, Yvonne fut déconcertée.

On avait l'impression que le moindre espace entre le fleuve et le pied du coteau était occupé, et même, certaines de ces maisons neuves grimpaient sur la pente. Il lui semblait presque impossible que les terres héritées par elle et par son fils pussent exister encore. Sûrement, on les leur avait prises, et Toni, honteux, n'en avait rien dit.

Les rues lui parurent également plus étroites qu'avant, à cause peut-être de toutes ces constructions envahissantes.

Yvonne observait tout avec attention, surmontant son malaise grandissant. Puis elle eut un haut-le-corps, une affreuse nausée : elle avait vu le Rhône ! Il ceinturait la cité, semblable à un long ruban, d'un vert profond, moiré par places, argenté vers l'ample boucle qu'il formait à cause de l'avancée du coteau pareille à une étrave : comme un navire venu des eaux bleues du ciel et qui s'échouait dans les sables de l'étroite vallée.

La femme serra les dents. Une fine sueur emperla son front, colla son chemisier à son dos. Le fleuve. Son ennemi. Celui qu'elle appelait le dévoreur d'hommes. Le fauve. La bête.

Elle avait su que, depuis son départ, les hommes avaient renforcé leur emprise sur lui, et pourtant elle le voyait couler, altier comme avant, toujours puissant, *le plus puissant.* L'autocar s'arrêta enfin sur une place qui ménageait peut-être le seul espace aéré entre l'amalgame des maisons. En bordure, elle était plantée de très vieux acacias dont les fleurs, ce jour-là, dégageaient un parfum d'une finesse exquise.

Un instant troublée, chavirée par ces effluves qu'elle avait respirés naguère avec Nando à ses côtés, Yvonne restait immobile sur la place, sans souci des gens qui la bousculaient.

Enfin, elle se reprit et se dirigea vers la rue principale dont l'animation lui donna aussitôt le vertige. Elle s'étonna de l'élégance des femmes de cette petite bourgade, des boutiques si bien achalandées, des « supérettes » qui remplaçaient les sympathiques épiceries d'autrefois.

Certaines ménagères, pour faire leurs courses, se dandinaient dans des chaussures à talons hauts, et elles mettaient leurs bijoux, vêtues comme pour aller à la messe ou au bal. D'autres, par contre, avaient l'air de jeunes garçons, avec leurs cheveux courts, engoncées dans des survêtements roses ou bleus qui ressemblaient à des pyjamas, estima Yvonne.

Jamais elle n'aurait osé se promener dans cette tenue ! Autant sortir en chemise. Quand elle en parlerait à Fanfan, il se mettrait à rire, il dirait : « Ma sœur, tu ne mets jamais le nez hors de ton trou. Même quand il s'agit de descendre au village, c'est toute une expédition pour toi, alors comment veux-tu ! Ces femmes sont normales, elles suivent la mode ; en tout cas *elles sont de leur temps,* elles ! »

Yvonne continuait à avancer. Tout à coup, il lui semblait qu'on la montrait du doigt parce qu'elle n'était pas habillée comme les autres. Avait-elle l'air d'une paysanne de folklore ? Ou d'avant-guerre ? Mais là-haut, à la Roussière, ça n'avait pas d'importance, rien n'avait changé, rien ne changerait jamais.

Déjà éprouvée par la rumeur de la ville bourdonnante comme une ruche, Yvonne souhaita se retrouver sur le Replat. Elle avait oublié tout cela, ces gens qui parlaient fort, ces choses en surnombre, cette agitation, cette gaieté qui ne la concernait pas. Elle était une recluse. Un prisonnière — mais volontaire — du Replat et des collines. Elle était aussi, *avant tout,* une victime du fleuve.

Elle passa devant une maison en construction, s'insérant entre deux immeubles. Des ouvriers charriaient en sifflotant une baignoire rose. Autrefois, lui racontait Nando, il n'y avait pas de douche dans les maisons ; l'été, on « prenait le bain » dans une sorte de piscine aménagée le long du fleuve, doublée de filets qui servaient à protéger les imprudents contre leur témérité. Et, chez Toni, il y avait une vieille photo montrant un de ces établissements de bains flottants que le père des jumeaux, lui, avait connu.

Yvonne longeait à présent une grande boutique aux vitrines étincelantes. Elle y aperçut son reflet. Vigoureuse, Yvonne avait cependant une silhouette élancée, harmonieuse. Mais qui aurait pu en découvrir les qualités esthétiques, avec cette jupe marron, sévère, qui enveloppait ses hanches comme un sac de toile grossière et son chemisier strict, dissimulant des épaules rondes, assez flou pour ne rien indiquer de la beauté de sa poitrine. Sa jupe, Yvonne s'enorgueillissait de l'avoir taillée elle-même dans une chute de tissu acheté pour presque rien à un forain qui avait planté ses tréteaux au bourg du Replat, à l'occasion d'une foire.

C'était sa tenue « pour le dimanche ». Et pour sortir, en toute saison. Avec une « jaquette » en laine tricotée, au printemps et à l'automne, et, l'hiver, un manteau sur le tout, et des bas épais et opaques. Sinon à la Roussière elle mettait des chaussettes et s'en trouvait bien. Quand il faisait beau, elle allait jambes nues.

Une fois, par jeu, *pour voir*, elle avait enfilé un blue-jean de Fanfan, mais ses hanches de femme étaient trop marquées pour le pantalon unisexe et elle n'avait pas pu le fermer. Elle avait laissé tomber dessus une chemise ample de son frère, enfilée aussi avec un peu de gêne, mais une singulière excitation. Elle s'était regardée dans la glace de l'armoire et tout à coup elle ne se reconnaissait plus. Il lui semblait voir l'une de ces filles d'en bas, délurées… mais séduisantes. Elle avait eu honte et avait enlevé rapidement ces habits qui la métamorphosaient si spectaculairement.

Ses cheveux tirés en arrière étaient réunis en une sorte de queue de cheval, comme dans les années soixante, et tenus juste avec un élastique. Cette coiffure sans apprêt, charmante pour une adolescente, ne lui convenait pas du tout. Dénudant un visage à la froide beauté, aux traits que la douleur avait figés, elle le durcissait encore.

Yvonne avançait toujours d'un pas rapide, suivie par l'odeur des acacias. Autour d'elle, on vendait, on achetait, on livrait, on réparait, on démolissait, on bâtissait. Que de façons pour gagner sa vie et la dépenser, dans la vallée ! Là-haut, sur le Replat cerné par les collines, l'homme se levait le matin, sortait sur le pas de sa porte, regardait ses champs, et c'était son destin qu'il avait sous les yeux.

Elle tressaillit. Elle reconnaissait soudain la ruelle, derrière l'église. Ses pas l'avaient menée là sans qu'elle s'en rendît compte. A droite, il y avait une impasse et au fond de l'impasse un atelier de menuiserie adossé à une maison. La maison léguée par la femme Marrion à Toni, le second des jumeaux. Leur père avait donné à Nando celle du fleuve avec les terres des îles et du coteau, l'héritage à présent de Pascal.

Les murailles de l'église mettaient l'ombre constamment dans l'étroit passage ; il y faisait frais. Des odeurs de repas qui mitonnaient déjà franchissaient les seuils obscurs. Ici, c'était encore la vieille ville, rien ne semblait avoir changé, aucune maison neuve ne s'insinuait agressivement entre les murs patinés par le temps. Mais, loin de rassurer Yvonne, cette constatation augmentait son malaise, et son angoisse grandissait.

Elle pressa le pas. Elle avait hâte d'en avoir terminé avec cette démarche qui devenait un véritable supplice. En apercevant la maison de son beau-frère, Yvonne, pour la première fois depuis qu'elle avait parlé de tout cela avec Pascal, se demanda comment Toni l'accueillerait.

Indécise, elle s'arrêta au milieu de la cour ; il y poussait des herbes folles, des chardons. Un nettoyage aurait été le bienvenu. La maison cossue, à l'étage unique, semblait sortie intacte du passé. La façade était cachée entièrement sous un lacis de rosiers grimpants. Les roses étaient frisées, charnues, pareilles à de tout petits choux écarlates.

Au rez-de-chaussée, on distinguait, à travers une porte vitrée à double battants, des machines et des scies électriques. L'une d'elles était en action et, par à-coups, Yvonne entendait son grincement aigu, lorsque les dents mordaient les planches.

Au fond s'étendait un jardin qui n'était plus qu'une friche où s'ennuyaient quelques arbres fruitiers. Mais ce jardin était tourné vers le coteau, lequel montait en paliers réguliers vers le ciel. Et de la maison, épargnée, elle, par l'ombre de l'impasse, émanait une aura de douceur et de paix. Ça sentait le bois, la résine ; les copeaux jonchaient le sol comme des frisettes blondes. Un tas de sciure attirait les chats du voisinage.

Là, au moins, il n'y avait pas le Rhône. Mais quand Yvonne pénétra plus avant dans la cour et qu'elle vit les lances de douze et quinze pieds pour les jouteurs cadets et juniors, et celles de seize pieds pour les seniors, un long frisson la parcourut.

Où qu'elle aille, en cette ville maudite, elle n'échapperait pas au monstre ! Essayant d'oublier les lances de bois, Yvonne avança encore. Son regard s'attachait à la maison, insistait sur les volets d'une certaine fenêtre, comme pour les forcer.

Derrière, il y avait une chambre dont le souvenir hantait ses insomnies.

C'était là qu'ils avaient ramené Nando, Nando méconnaissable avec son visage souillé, son front entaillé jusqu'à l'os, son corps mâché par la gueule du monstre insatiable. Le Rhône en furie. Le Rhône sorti de son lit une fois de trop, redevenu sauvage bien qu'on eût assuré quelques mois plus tôt qu'une telle chose était impossible.

Oui, dans cette pièce-là, fermée par ces mêmes volets, ils avaient couché Nando. La maison du fleuve n'était plus qu'un îlot branlant assailli par la poussée démentielle du flot. Et c'était là, devant la longue boîte de chêne où sans attendre ils avaient allongé son amour, qu'elle avait été prise d'une sorte de folie. Au jumeau amputé de son double, à ce frère qui restait seul et qui priait, égaré de souffrance, les mains jointes sur le drap noir, elle criait :

— C'est de ta faute, Toni ! De ta faute à toi !

⋆
⋆ ⋆

Le regard rougi de trop de larmes, la voix lasse, Toni dit, très lentement :

— Tu sais bien que non. Ce n'est pas ma faute, ni celle de personne. Repose-toi, Yvonne. Pense à ton enfant à naître. A cause de ton état et à cause de ta douleur, je te pardonne tes paroles insensées.

Ainsi a parlé, au prix de quel effort, le jumeau-pas-bavard. De la pièce voisine viennent les murmures des proches, oncles et cousins, les amis.

La voix suraiguë, Yvonne riposte :

— Tu n'as pas plongé assez vite ! Tu as perdu du temps, un temps précieux !

— Je lui ai lancé la corde. Puis je me suis occupé de te hisser dans la barque. Tu le sais bien. Tu comptais pour deux avec cet enfant que tu portes en toi. Et Nando m'avait crié de te mettre en sûreté d'abord !

— Ça t'arrangeait, de me sauver la première ! Je ne risquais rien, pourtant. J'étais accrochée à l'osier.

— L'osier était ployé par l'eau et ta main glissait sur les branches, fines et coupantes, qui t'entaillaient si fort que ta paume saignait.

— Il saignait aussi. Au front. Mais ça t'arrangeait. Tu m'aimes !

Blême, Toni a reçu la terrible accusation. Mais c'est sans colère qu'il dit, en réponse :

— C'est ton amour, mais c'est aussi mon frère, mon jumeau. Est-ce que tu l'oublies, Yvonne ?

— Tu m'aimes, répète-t-elle, têtue. Alors, c'est pour cela…

Elle ne précise pas. Inutile. Bondissant, elle prend sur l'étagère ce trophée de joutes, ce bronze octroyé à Toni l'été précédent, et, le visant à la tête, égarée, elle essaie de le frapper. L'homme esquive le coup, en partie. Yvonne est grande, mais Toni la dépasse de beaucoup. Le métal l'attrape à l'épaule. Ce n'est pas réellement grave, mais le reste l'est. Le reste : l'intention ! Le désir de blesser, de tuer, peut-être. Hoquetant, Yvonne s'effondre. Effrayée, elle regarde le sang qui suinte sous la manche déchirée de la veste. Comprimant sa blessure, sans un mot, l'homme passe devant Yvonne et gagne sa chambre, où il se panse, se change. Généreusement, il ne parle de cela à personne.

On a enterré Nando.

Tout de suite après, elle a regagné les collines. Et, quand l'enfant est né six semaines plus tard, elle a refusé de recevoir Toni, monté tout exprès de la vallée.

Elle a toujours refusé de le revoir.

Jusqu'à ce jour.

IV

Yvonne pénétra dans l'atelier de menuiserie. L'homme était penché sur un établi et semblait réfléchir. Là aussi, et bien plus qu'à l'extérieur, ça sentait la résine et même la forêt, odeur qui rappelait le Replat à Yvonne, éloignant un peu la vallée.

Une porte, au fond, était ouverte sur le jardin et laissait entrer le parfum suave d'autres rosiers, identiques à celui qui couvrait la façade. Le soleil avait tapé sur la verrière aménagée dans le toit et il faisait très chaud dans l'atelier. Reprise par la même sensation de malaise que dans l'autocar, Yvonne passa une main sur son front. Elle étouffait. L'homme ne l'avait pas entendue entrer et, son crayon gras dans la bouche, il méditait toujours en lissant du plat de la main, lente caresse, la planche où il avait tracé des cotes.

Yvonne appela :

— Toni Marrion ? Peut-on te voir ?

Il se redressa brusquement. Il avait dû graisser des outils, car son visage était maculé de traces noires qui se diluaient dans une pellicule de sueur. Ses cheveux bruns, courts, étaient un peu en désordre. Dans ce visage de ramoneur, des yeux ni bleus ni verts brillèrent d'un éclat fugitif, puis s'éteignirent et devinrent comme une eau trouble.

Il dit :

— Toi !

Sans tout ce noir qui lui barbouillait le visage, sûr, elle aurait remarqué sa pâleur. Machinalement, il essuyait ses mains à sa salopette tachée, coinçait son crayon derrière son oreille droite.

— Toi ! répéta-t-il.

Et aussitôt inquiet :

— Ton garçon ? Il va bien ?

— Oui. Pascal va très bien, répondit Yvonne lentement. Et c'est à cause de lui, précisément, que je me trouve là, dans la vallée. Chez toi.

Toni se troubla.

— Il y a bien longtemps… si longtemps, Yvonne. Moi, au début, je me disais : « Est-ce qu'elle va se décider à me le conduire, ce neveu, ce fils de mon frère, puisqu'elle ne veut pas que je monte là-haut ! » Et les semaines, les mois passaient. Et les années.

— Je ne pouvais pas. Est-ce que tu peux comprendre ?

— J'essaie, en tout cas, oui, j'essaie.

Il soupira et reprit, après un regard qui l'enveloppa toute :

— Yvonne, tu n'as pas changé.

— J'ai changé, assura-t-elle durement. J'ai vieilli avant mon temps, pétrifiée dans ma peine.

Il heurta une planche qui tomba, et le bruit résonna sous la verrière de l'atelier.

— Et vous n'avez toujours pas le téléphone, là-haut sur le Replat, à la Roussière ?

— A quoi bon !

— Plusieurs fois je me suis dit, ce serait plus facile de lui parler, dans le téléphone. Si elle se décidait enfin, elle, à m'appeler… Mais rien. Et te voilà. Entrons dans la maison, Yvonne. Nous discuterons calmement de ce qui t'amène aujourd'hui. Telle que je te connais, il ne peut s'agir que de choses graves.

— Graves, non, je te rassure tout de suite. Mais importantes, oui.

Elle le suivit. Ils se faufilèrent entre les piles, les madriers, les lances de joutes, bousculant les outils éparpillés, avant de sortir dans la cour et de s'engager dans l'escalier entre les rosiers de la façade.

Yvonne posa sa main sur la balustrade de fer, en retrouva le contact froid et lisse. Autrefois, Toni disait qu'il allait la changer contre une en bois verni, fabriquée par ses soins. Sur l'étroit balcon, en haut, Yvonne demanda, en apparence impassible :

— Tu es seul, dans cette maison ?

— Mais… Oui. Que veux-tu dire ?

— Est-ce que tu t'es marié, Toni ? Voilà la question. Ou peut-être es-tu avec quelqu'un ? C'est la mode, il paraît.

— Non, protesta l'homme comme si elle l'accusait d'un péché grave. Autrement tu l'aurais su, je te l'aurais écrit.

Il la fit entrer dans une pièce qui servait à présent de salle de séjour et de bureau. Sur la table poussiéreuse, des paperasses, factures et devis, voisinaient avec des petits tas de vis, des écrous, des charnières aussi, qu'il avait reçus le matin. Il repoussa le tout et présenta à Yvonne une chaise paillée. Elle s'y assit, bien droite.

— Je vais me laver les mains et me rafraîchir un peu le visage, annonça Toni en se dirigeant vers la cuisine. J'en ai pour une minute.

Quand l'homme revint, Yvonne posa sur lui un regard douloureux. Le visage de Nando, plus rude, plus mûr aussi, mais tellement ressemblant, lui était redonné brutalement, et ça lui coupait la respiration. Même si ce n'était qu'une image, une image trompeuse, elle suffisait pour ranimer en Yvonne un affreux désespoir.

— Tout va bien, là-haut ? fit-il, timidement. Le père, la mère ?

— Le père est quasiment infirme, avec sa polyarthrite. La mère va. Ce sont les nerfs qui la tiennent. Fanfan est revenu à la Roussière, il vient de terminer son service militaire. C'est à présent un grand et beau garçon. Il ressemble beaucoup à Nanot — sa voix se brisa —, Nanot, mon frère préféré.

— Je sais.

— En peu de temps, j'ai perdu ce frère et cet homme qui était mon mari et toute ma vie. C'est beaucoup.

— C'est beaucoup de malheur, oui.

Toni considérait cette femme à la bouche durcie, aux yeux désenchantés, qui se souvenait *en regardant son visage à lui*, il venait de le comprendre. Et il s'affligea.

— Yvonne, questionna-t-il. Après tout ce temps… Ton mal ne te laisse donc pas de répit ?

— Non, admit-elle.

Puis, brave, surmontant son malaise, elle le toisa :

— Je suis venue pour Pascal, tu t'en doutes. A la rentrée, il va fréquenter le collège agricole de cette bourgade, le dossier est prêt et en principe tout suivra son cours. Seulement, mon fils ne veut pas être pensionnaire. C'est un enfant très intelligent, mais trop sensible, un peu sauvage, solitaire. D'être enfermé la nuit avec des étrangers, de ne pas aller à sa guise où bon lui semble, ça le rendra malade. C'est lui qui a voulu le collège agricole, mais, à l'idée de l'internat, il se tourmente.

Yvonne hésita, oh, juste une seconde, avant de conclure :

— Pascal a donc demandé à vivre ici avec toi durant la semaine. J'ai dit oui, à condition que tu le veuilles aussi, naturellement, et que sa présence ne te dérange pas. Pascal s'est renseigné. Un service de car partant de ce quartier le met à dix minutes du collège. Il sera raisonnable, je m'en porte garante, et si tu acceptes je t'en saurai gré.

— Je n'ai jamais vu cet enfant ! dit Toni, pensif.

— Il sait cependant qui tu es.

— Comment ça se fait donc ?

— J'ai estimé que je n'avais pas le droit de garder le silence sur la famille de son père — Yvonne hésita encore —, et je n'en ai dit que du bien.

Toni Marrion ne releva pas cette phrase.

— Je ne l'ai jamais vu, répéta l'homme. Quel âge ça lui fait donc ?

Et sans attendre la réponse il compta tout haut sur ses doigts écartés :

— Quatorze… presque. C'est ça ?

— Est-ce que tu veux oui ou non me le prendre, Toni Marrion ? s'énerva Yvonne.

— Je veux, oui. Quelle question ! C'est ta proposition qui me surprend. De toi, je n'aurais jamais cru…

— Avant toute chose, je considère le bien de mon fils. Et il souhaite tellement aller dans ce collège.

— A qui ressemble-t-il ?

— A moi, je crois bien. Mais il a quelques traits de votre caractère à vous les Marrion et c'est pour cela que je te prie de m'écouter avec attention, Toni. Surtout, que cet enfant que je te confie sur sa demande à lui ne s'approche jamais du fleuve. Pas de joutes, pas de courses de barques, pas de challenges. Et ne lui fais jamais récit des prouesses passées des fils Marrion. Mon enfant vivra un jour dans la vallée, c'est bien possible, mais pas comme un enfant du fleuve. Fils de la terre je l'ai fait et il le restera.

Yvonne regardait l'homme droit dans les yeux. Toni ne bronchait pas. La voix sourde, elle continua.

— Déjà cet enfant s'est mis en tête de reprendre les biens qu'il a sur le pied du coteau et dont tu t'occupes, pour les fermages. Il sait qu'il a encore une parcelle près du fleuve. Une parcelle que les nouvelles usines n'ont pas absorbée. Je n'ai pas dit non, car il n'y a pas d'avenir pour Pascal à la Roussière qui est l'héritage de mon frère Fanfan. Seulement, j'espère qu'une fois sur place, en avançant en âge, il vendra tout pour s'installer ailleurs que dans cette fichue vallée. Voilà ! Je voulais que tu saches cela, Toni, que tu connaisses le fond de ma pensée. Ne dis rien à Pascal de cette conversation, je te le demande. Pour l'instant, je fais suivant sa volonté. Une volonté qui est grande, quoique s'exerçant avec douceur. A moins que ce ne soit de l'habileté. En cela, il ressemblerait à son père qui obtenait de moi tout ce qu'il voulait. Je me sépare de mon fils pour te le confier, à toi, Toni Marrion.

— A moi, oui, répéta l'homme en écho. Veux-tu que nous parlions affaire, aussi ?

— Non, rien ne presse.

— Je voudrais te signaler, pourtant, que les baux des fermiers sont arrivés à expiration. Je ne les ai pas renouvelés. Une intuition, tu vois. J'ai décidé de faire entretenir les terres du petit par un agriculteur de mes amis. Il fera la récolte dans les vergers, gardera une partie pour lui ; pas besoin de passer devant le notaire, c'est un accord tacite et j'ai confiance. La part qui nous revient du produit de la récolte, nous la placerons au nom de Pascal, ça lui fera un petit quelque chose de plus quand il s'établira. Est-ce que j'ai mal agi ?

— Mais non, répondit-elle nerveusement. D'autant plus que je t'avais dit de faire à ton idée.

— J'ai toujours pensé que Pascal voudrait reprendre son bien, un jour.

— Si tu t'y mets, toi aussi… Il ne faudra pas l'influencer, en tout cas.

— Je ne ferai rien, je t'assure. Il décidera tout seul. Les *Noyaux doux* ont bien donné cette année. J'ai remplacé quelques arbres, trop vieux. Les *Suchets* sont presque mûrs. Avoue, Yvonne, que ce serait dommage que ces bonnes terres et ces vergers soient vendus. Ils ont toujours été dans la famille. Je ne devrais pas te le dire parce que ça va te fâcher, mais je suis content, oui, bien content de la décision du petit. Elle aurait plu à son père.

— Oui, oui, dit Yvonne d'une voix sourde.

Elle ne l'écoutait plus. Son regard s'était posé par inadvertance sur l'épaule droite de l'homme. Sa chemise était largement ouverte, au point qu'elle dévoilait en partie cette épaule. Et Yvonne découvrait un peu de la marque ancienne, laissée par la blessure. Gênée, elle détourna les yeux, rencontra le regard de son beau-frère. Elle eut le sentiment qu'il lisait en elle et une rougeur fugitive anima le marbre de son beau visage figé. Toni la considérait toujours avec insistance et un air de douleur, de prière aussi, insupportable pour elle.

Yvonne se leva. Toni demanda, baissant les paupières, peut-être pour cacher cet explicite et encombrant regard :

— Tu ne voudrais pas déjeuner avec moi ? La femme qui s'occupe de ma maison et qui vient trois fois par semaine a laissé des tomates et des œufs, du fromage, aussi.

— Non. Mais je te remercie pour ton invitation.

Elle se dirigea vers la porte d'entrée, l'ouvrit et reçut à la face le parfum sucré des roses.

— Chaque samedi, Toni, renvoie Pascal vers la Roussière par le premier autocar. Je te paierai sa pension, bien sûr.

— Je ne veux rien, dit-il en la regardant avec plus d'assurance. Cet enfant est mon neveu. Le fils de mon frère, mon sang.

Yvonne descendit la première marche. Elle était pressée de fuir cet homme au visage pareil — ou presque — à celui qu'aurait eu aujourd'hui Nando, son amour.

Mais lui, Nando, n'avait pas vieilli. Nando, qui était la jeunesse même, resterait jeune pour l'éternité.

— Surtout, recommanda-t-elle encore, éloigne Pascal du fleuve. Et ne lui parle pas de vos exploits.

Toni fit un signe vague, de la tête. Cela pouvait passer pour un assentiment. Yvonne s'en contenta. Il la regardait toujours. Elle comprenait qu'il la voyait comme avant, comme la jeune fille qu'elle avait été. Les griffures des ans sur son beau visage, son expression morne, sa coiffure rigoureuse, son habillement démodé, rien, il ne s'apercevait de rien !

En bas, songeur, il lui tendit la main.

Ses yeux étaient presque bleus.

— La fille des hauteurs, la fille des collines… Il t'appelait ainsi. Nous *t'appelions* ainsi. Je voudrais…

— Tu voudrais… *quoi* ?

L'homme soupira. Sa main retomba.

— Rien. C'est sans importance.

Déjà, Yvonne traversait la cour, escortée par l'odeur envoûtante des fleurs épanouies. Nando, lui, cueillait sur la berge au bord du Rhône de fines branches de saule-osier qu'il entrelaçait en couronne feuillue. Entre deux baisers, il la plaçait sur la chevelure ondoyante de la jeune femme.

« Mon amour, ma bergère trouvée sur les hauteurs des collines, te voilà devenue une fille du fleuve ! » disait Nando.

— A l'automne, Yvonne, j'attends donc ton fils, criait Toni, en bas de l'escalier. Au revoir.

Elle pressa le pas. Dans la cour, elle évita de regarder du côté de la menuiserie, avec ses lances de bois rouges et bleues qui lui rappelaient les joutes sur le fleuve.

Elle fut heureuse de retrouver l'ombre de l'église. Et, simultanément, elle désira fortement, follement, revoir une fois au moins les lieux de son bonheur devenus plus tard le théâtre du drame. Le tombeau de ce même bonheur.

V

En amont, les hommes avaient construit un peu partout des usines, des digues, des écluses, des barrages. Ils avaient creusé ou élargi selon les nécessités le chemin de ce fleuve puissant que la femme de la Roussière appelait *la bête* et qu'elle haïssait de toutes ses forces.

Et le beau grand fleuve vivait à présent en intelligence, ou presque, avec les hommes installés sur ses rives. Il leur donnait sa force immense, il faisait tourner leurs centrales, il fertilisait leurs terres — de plus en plus restreintes, il est vrai.

Il continuait à porter avec complaisance les péniches lourdement chargées et il étendait loin les canaux que l'on avait greffés sur lui.

Quelquefois, l'été surtout, le fleuve-fauve rentrait ses griffes. Il jouait, tout gentil, tout ronronnant, poussant doucement les bateaux des jouteurs, tandis que les riverains assis sous les peupliers et les trembles, sur les berges verdoyantes, applaudissaient très fort.

Yvonne savait, bien sûr, que le progrès avait enfin domestiqué le fauve. Elle le regardait et elle se disait que le décor où il évoluait ici avait très peu changé. Elle suivait la courbe de l'anse aux eaux peu profondes, là où jouaient les fils du fleuve, là où Nando avait jouté si souvent. Il était si fort, Nando, il participait à tous les championnats.

Toni aussi était fort.

Mais Nando gagnait plus souvent que Toni.

Yvonne pressa le pas, furieuse d'avoir évoqué les longs bateaux typiques chargés des hommes qui ramaient. On joutait ici « à la givordine », les bateaux naviguant à gauche, contrairement à la méthode lyonnaise où ils se croisaient sur la droite.

L'origine de ces jeux nautiques remontaient à l'époque gréco-romaine. Les jouteurs s'affrontaient selon deux types de compétition, les tournois classiques, « en force », opposant des bourgades différentes, et les tournois dits « en belle passe », où l'on appréciait la tenue, la présentation et la beauté de la « passe ».

Et Nando était toujours le meilleur.

A présent les bateaux étaient motorisés, mais les gestes devaient toujours être les mêmes. Yvonne n'assisterait plus jamais aux joutes sur le Rhône. Elle ne voulait plus évoquer le passé. A quoi bon se le rappeler, ce passé pittoresque, à quoi bon se rappeler la gaieté de ces journées, avec les flonflons joyeux de la musique accompagnant les passes.

Yvonne se hâta soudain.

Elle évitait de trop regarder le fleuve, d'un vert brun sous les aulnes et les vergnes qui y trempaient leur frissonnante image, le Rhône clair en son milieu comme s'il charriait une coulée d'argent liquéfié. Elle allait de son grand pas de paysanne, ne ressentant pas la fatigue. Elle n'avait pas faim.

Yvonne se disait qu'elle remonterait dans les collines, sur le Replat, par le premier autocar de l'après-midi, et que, jusque-là, il lui fallait bien tuer le temps. C'était son excuse à présent qu'elle approchait des terres appartenant hier à Nando, ces terres qui étaient l'héritage de son fils et le sien.

Arrivée sur *leur* sol, après la boucle que formait le fleuve, Yvonne vit tout de suite le changement. L'ennemi s'était fortement éloigné des terres arables. Les hommes l'avaient repoussé, refoulé, maintenu dans un lit plus profond, à la mesure des longues pattes du fauve. La digue avait été reconstruite et plus jamais le géant n'avait montré sa tête au-dessus des pierres taillées dans d'énormes blocs soudés.

La plupart des terres louées par Nando étaient recouvertes d'un maïs haut de cinq à six pieds, gorgeant ses racines des riches substances du sol fertile. De celles-là, Toni n'avait pas parlé. Ni de celles qui entouraient la maison en ruine, devenues jachères et friches, envahies d'herbes hautes, de ronces aussi rudes que des barbelés, et même de jeunes peupliers sauvages, éclos de duveteuses graines vagabondes. Ils jouaient avec la brise, entrelaçant des branches fines au milieu du fouillis végétal rendu à la *vorgine*, ces espaces incultes au bord du Rhône.

La femme approcha encore. Une péniche remontait le courant. Elle évoqua les récits de Nando qu'il tenait lui-même d'un grand-père, au temps où les riverains voyaient passer les bateaux à vapeur. Il y avait eu les « steamers », les « bateaux-anguilles » et les « bateaux-crabes », ensuite les « bateaux à deux culs », enfin les remorqueurs à une ou deux cheminées. Quand le bruit assourdissant des moteurs s'estompa enfin, le Rhône retrouva sa voix. Et il courait, gambadait, bête gavée qui ne songeait plus à mordre. Bon prince, il permettait même aux arbustes croissant sur ses bords de taquiner son dos du bout de leurs branches ligneuses et de la fouetter gentiment quand le vent les incitait au jeu.

La femme pénétra dans la terre en friche. Elle contempla la maison au toit en partie arraché. Il en restait tout un pan, affaissé sur ses poutres, à l'intérieur des quatre murs de pierre, toujours debout, eux. Un volet pourri pendait sur une fenêtre béante contournée d'un lierre insistant. Des liserons tressaient leurs délicates torsades sur le chambranle vermoulu d'une porte absente.

Cette porte, arrachée, emportée par le flot *ce jour-là.*

Dans le matin tout clair, cette maison délabrée n'était pourtant pas triste. Yvonne tourna la tête et osa regarder franchement *le monstre.* Venu de plus haut avec toute sa force intacte, il fonçait rudement en cet endroit resté encaissé. Il roulait fortement ses mètres cubes devant lui. Quand il arrivait au tournant, il ralentissait, formant le coude dépassé un moment plus tôt par Yvonne, avant de s'élancer de nouveau. Et, bondissant, il parcourait jusqu'au bout cette vallée creusée en des temps reculés, des temps où il dispensait également calamités et bienfaits, où il suscitait la peur et la reconnaissance, ce grand Rhône puissant, craint et adoré comme un dieu.

Yvonne détacha son regard du fleuve et le porta de nouveau sur la vorgine. Elle marcha encore un peu, s'arrêta, fit de nouveau quelques mètres, approchant plus près, toujours plus près, avec l'inconscient désir de retrouver *leur* bouquet de pruniers sauvages. Existait-il encore ?

A vingt mètres du fleuve, à dix des premiers galets de la berge, face au point précis où débutait la nouvelle digue, elle vit les arbustes vivaces. Avaient-ils réellement survécu à la dernière inondation, ou bien étaient-ce leurs rejetons ?

Grave, recueillie presque, Yvonne vint tout près d'eux. Elle aurait voulu les presser contre elle, tout épineux, tout chargés de leurs petits fruits ronds à peine ambrés, et les étreindre longuement, fortement, les imprégnant de sa sueur et du sang de ses égratignures, pour qu'ainsi réchauffés ils lui parlent du temps heureux.

A l'ombre de ces groupes d'arbustes formant un nid bruissant, inviolable au printemps — son premier printemps avec Nando —, ils se cachaient, ils s'aimaient, ils riaient. Ils jouaient, ils s'aimaient de nouveau. Les fleurs glissaient parfois sur eux comme une pluie de menus flocons. Ça sentait bon. Et les baisers pleuvaient plus vite encore que les pétales balancés dans les airs par la brise.

L'été, c'étaient les fruits mûrs et dorés qui tombaient avec un « plouc » bref, ponctuant un mot tendre ou un rire clair qui fusait. Et c'était sous ces pruniers au feuillage devenu opalin qu'ils avaient conçu leur enfant. L'automne était là, un bel automne ne laissant rien présager de l'hiver sali par les pluies, la neige vite noircie et transformée en boue, en *gabouille* comme on dit par ici. Le fleuve qui vivait son étiage reflétait tout entier le ciel bleu.

Derrière les buissons, leur maison riait de toutes ses fenêtres brillantes de lumière. Et, plus loin, les maïs se pressaient, avec leurs épis coniques presque mûrs sur leurs plants jaunissants. Les peupliers, vers l'anse, semaient leurs feuilles sur les parcelles ensemencées. Nando lui criait : « Je t'aime ! »

Elle ferma les yeux, chavirée par ces réminiscences. Elle eut la vision, fugace mais précise, d'un visage de jeune homme renversé dans l'herbe. Le soleil qui s'infiltrait irrégulièrement dans le feuillage indiscipliné des pruniers posait des taches d'or sur ce visage, dont les lèvres humides riaient. Le fleuve coulait, calme, presque doux, psalmodiant pour eux un chant venu du fond des âges.

Le fleuve était leur ami, leur complice même.

Yvonne s'assit sous les pruniers sauvages. Elle ne voulait accueillir que les bons souvenirs, ceux qui lui rappelaient qu'elle avait été aimée passionnément et qu'elle avait passionnément vibré en ce temps-là où elle était une femme et non la morte vivante d'aujourd'hui.

Mais hélas, sous ses yeux fermés, les douces images s'effaçaient. Et les autres, les froides, les noires, bruyantes à leur tour de l'écho du passé, emplissaient son cerveau et son cœur.

*
* *

Nando s'est rendu dans une ville sise à une quarantaine de kilomètres en aval pour y commander le matériel agricole dont il a besoin, à l'occasion d'une foire régionale.

Elle est restée dans leur maison du fleuve. L'enfant, depuis près de sept mois en elle, commence à peser et la fatigue. Avant son départ au petit matin, Nando a dit :

— Le fleuve est gros, mon amour. Je le surveille depuis quelques jours et je suis inquiet. En principe, il ne devrait pas monter trop à présent, mais si tu le voyais atteindre la cote d'alerte, contre la paroi de la digue, alors prends tes affaires et va chez mon frère. Promets, Yvonne.

Elle rit.

— Tu reviendras ce soir, Nando. Que veux-tu qu'il arrive en quelques heures ! Le fleuve est sauvage, mais pas capricieux.

— Promets quand même.

— Oui, voilà, je promets. Je ferai attention. Je t'aime.

Nando est parti après mille baisers. Elle est retournée se coucher dans le lit tiède encore de lui, et voluptueusement elle s'est lovée à sa place. S'est rendormie. Vers huit heures, la pluie l'a réveillée, une pluie rageuse, accompagnant un bruit singulier, comme un long cri d'effroi venant de la berge : ce sont les arbres, secoués par le vent, qui se plaignent. Yvonne se lève, s'habille, puis se rend sur la rive. Le Rhône a monté encore et par les interstices de la digue, mis au jour brusquement, les eaux grises s'infiltrent avec sournoiserie, enroulant leurs tentacules fluides autour des pierres.

Les premiers peupliers de la berge ont les pieds dans l'eau. Les arbustes le plus proches du fleuve sont tous pris sous le flot. Et le ciel est noir, comme une nappe d'encre répandue. Un vent mauvais souffle, hérissant le fleuve gris et jaune. Mais Yvonne n'a pas peur. Elle porte en elle le soleil de l'amour et sa lumière l'aveugle. D'ailleurs, se dit-elle, l'eau n'est pas arrivée à la cote d'alerte et la maison est bâtie suffisamment loin du fleuve.

A midi, son beau-frère est arrivé, anxieux.

— Le bougre, il monte vite. Et cette pluie qui n'arrête pas ! Yvonne, tu devrais attendre le retour de Nando chez moi, au bourg.

Soucieuse de complaire à Toni, et ainsi de satisfaire Nando, elle promet :

— Si je m'aperçois que ça monte, je viendrai sans faute, Toni.

Mais elle a laissé s'égrener les heures. En elle, son enfant bouge et, penchée sur cette intérieure métamorphose, elle n'entend ni la voix furieuse du vent ni les grondements du fleuve. Vers le milieu de l'après-midi, un peu lasse, elle s'endort au creux du grand lit. Une heure plus tard, des coups sourds, comme des coups de boutoir, l'éveillent. Elle s'approche de la fenêtre. Alors elle pousse un cri d'épouvante : la berge est entièrement submergée.

Yvonne descend les marches pour aller au rez-de-chaussée. Au milieu de l'escalier, elle s'arrête, atterrée. Le vent a enfoncé la porte. Et le fauve est chez elle ! La table danse sur l'eau, soulevée frénétiquement, et les chaises culbutées accomplissent un ballet chaotique. Yvonne remonte dans la chambre. Terrorisée, elle observe par la fenêtre un désolant spectacle. Le grand fleuve est sorti tout entier de son lit, par-dessous la digue et par le bas de la berge affaissée. Il s'étale sur les terres conquises et celles reconquises. La pluie tombe à seaux sur le dos de la bête contente, au long et large corps liquide. Et le fauve à l'échine verte rugit, et sa voix de colère résonne jusque dans la chambre d'Yvonne. Il galope avec les sabots de cent chevaux ; et cent crinières blanchâtres moussent à la surface, toutes rebroussées par le vent. Dans sa gueule, entre ses dents d'écume, il emporte des arbres arrachés rudement, des troncs, des branchages déchiquetés avec leurs bourgeons prêts à s'ouvrir.

Sur la digue, là où les hommes l'avaient comprimé, il se déchaîne follement, il bave, il écume, il s'insinue entre les blocs de pierre, passant parfois, avec l'aide du vent, une lame au-dessus de cette ultime barrière ; une fois renversée, elle lui permettra de déferler tout entier sur les terres, pour noyer, écraser, ravager, détruire. Reprendre.

Dans la voix du vent, Yvonne a entendu une autre voix, une voix d'homme qui clame son nom : « Yvonne, mon amour ! » Le cœur fou, elle se précipite à la lucarne donnant du côté des terres cultivées.

Nando ! Nando qui vient de la rive lointaine, la rive qui recule sans cesse. Il avance assez aisément. Il est bon nageur, aguerri à l'effort. Yvonne suit sa progression, la mort dans l'âme, pourtant. Pourquoi Nando n'a-t-il pas pris une barque ? Pourquoi est-il seul ? Tantôt nageant, tantôt marchant, il se rapproche néanmoins. Il arrive !

De nouveau, elle a descendu l'escalier et s'est arrêtée juste au niveau de leur cuisine envahie. Elle a enfilé un manteau à la hâte, avant d'abandonner la chambre, et les poches du vêtement bourrées de leurs économies et de quelques papiers de famille forment sur ses flancs deux boules insolites.

En elle, l'enfant tressaute.

— Yvonne !

— Nando, mon chéri.

Il est là. Ses boucles brunes sont plaquées sur son visage mouillé. Ses habits trempés collent à son corps vigoureux. Éperdu de tendresse, il sourit.

— Tu as eu peur, mon amour ?

— Non, pas trop ! ment Yvonne.

Puis, s'emportant :

— Imprudent, pourquoi es-tu venu seul ? Pourquoi n'as-tu pas de barque ?

— L'amarre s'est rompue et j'étais si inquiet pour toi ! Je ne pouvais pas attendre. Yvonne, on va traverser maintenant, avant la nuit, avant que le fleuve n'arrache la digue !

Elle regarde l'eau bouillonnante où nagent ses casseroles, échappées du buffet éventré.

— Je ne pourrai jamais ! J'aime mieux attendre en haut les barques des sauveteurs.

Il l'embrasse, pour la convaincre plus vite :

— Si la digue cède, le fleuve emportera peut-être la maison. Viens, mon amour (sa voix est douce et rassurante), ce n'est pas profond. Un mètre au plus, dans les creux. Je t'aiderai. Tu ne risques rien. Tu marcheras, accrochée à moi. En vingt minutes, nous serons au sec. A l'abri. Mais il faut partir *tout de suite*, Yvonne !

Alors elle l'a suivi. Elle a quitté leur maison assaillie par le fleuve. L'eau froide l'a saisie aux cuisses, étreinte au bas-ventre. Aujourd'hui encore elle se souvient de ces bras glacés l'enserrant, et de cette haleine de l'eau, ce remugle mauvais qu'elle respirait et qu'elle a gardé après, longtemps, si longtemps, dans les narines.

Nando la tient par la taille, sa taille épaissie par l'enfant, et il l'entraîne vers la terre qui paraît bien lointaine. La pluie tape sur eux. Pourtant, comme Nando l'a promis, leur marche est relativement aisée. Nando rit parfois, comme si leur aventure était drôle, et il dit en regardant son ventre qu'elle semble pousser devant elle :

— Celui-là, il est au chaud, lui, au moins ! Ah ! le petit veinard ! Voilà à coup sûr un futur *sauveteur* !

C'est ainsi qu'on appelle ceux qui font partie des associations nautiques. Il n'y a pas que les jeux de l'été, il y a aussi les devoirs à remplir. En cas de crue, les sauveteurs sont là avec leurs barques pour les premiers secours.

Yvonne rit aussi, pour ne pas montrer sa peur à Nando. Mais, lui, il la devine et il répète sans cesse :

— On ne court aucun danger, mon amour.

Puis, honnête, il ajoute, une fois :

— Pas encore !

La pluie a forci. Le vent hurle comme un loup. L'eau monte insidieusement. Ils avancent avec plus de lenteur. Ils trébuchent quand leurs pieds glacés accrochent des racines soulevées, des arbustes noyés, des buissons aplatis. Une horde de rats est passée tout près d'elle, nageant. Elle crie de dégoût et d'effroi. Nando embrasse sa joue mouillée.

— Courage, mon amour ! Nous arrivons !

Ils ont louvoyé entre les peupliers, évitant soigneusement le bourbier des maïs jeunes. Il fait sombre. La nuit tombe-t-elle déjà, ou bien le ciel trop lourd croule-t-il sur les eaux en folie ?

Assaillie par un fol espoir, soudain, Yvonne s'exclame :

— Nando, il y a une barque, au loin, à la lisière des arbres.

Il serre plus fort sa taille déformée.

— Tu as raison. Je crois que c'est mon frère. Enfin !

Le ton de sa voix laisse percer son immense soulagement. Car il était temps. Nando s'est tu, cachant sa propre peur, pour ne pas affoler la fille des collines, son amour. Mais, du côté de la digue, ça craque ! La muraille violentée par le flot ne tiendra plus longtemps. Déjà des pierres enfoncées se détachent et pètent, projetées dans un bouillonnement d'onde noirâtre.

Ils ont de l'eau jusqu'à la poitrine.

— Tenez bon, hurle le deuxième jumeau. J'arrive ! Des sauveteurs essaient, en aval, de récupérer des gens en péril, car il y a plusieurs groupes de maisons inondées. Je suis seul, pour le moment.

Un osier a arrêté le couple, un osier ployé, montrant juste une houppe de cheveux vert tendre, tout neufs, que le fauve tire en passant.

La barque de Toni progresse.

— Tiens-toi aux branches de l'osier, commande Nando à Yvonne. On ne bouge plus d'ici. Les remous sont forts à présent et tu pourrais tomber, avec le poids de l'enfant qui t'entraîne. Toni est tout près.

Elle a pris le feuillage de l'arbuste à pleines mains. Nando la protège de son corps. Nando est son bouclier. Le fleuve charrie boues et branches, épaves de toutes sortes. Une chaussure sautille dans le courant, suivie d'une gamelle qui s'emplit enfin et coule. La barque de Toni est à une minute. L'eau leur arrive au cou. Un crépuscule de fin du monde se drape sur ce spectacle de désolation.

Le tronc énorme est arrivé droit sur eux, cassé net à la base.

— Attention, Yvonne ! a crié Nando.

Et il s'est retourné tout à fait, mains tendues, pour arrêter ou dévier au moins le fût massif que le fleuve roule sur sa hanche écumeuse.

Le tronc a frappé Nando de plein fouet. Il vacille. Une entaille saigne sur son front. Yvonne crie. Déjà, l'eau noire autour de Nando se teinte de rouge.

La barque de Toni est là.

Le second des jumeaux a l'épouvante inscrite sur le visage, tandis que Nando, une main sur sa blessure, ordonne d'un ton sans réplique :

— Toni, prends Yvonne ! Vite ! L'osier glisse entre ses doigts.

Le flot la pousse, elle va lâcher prise…

Farouche, elle proteste :

— Nando est blessé. Prends-le avant moi, Toni !

— Yvonne d'abord, insiste Nando.

Toni alors se décide.

— Je vais te lancer une corde fixée à la barque, Nando. Attache-toi pendant que je m'occupe d'Yvonne.

Prompt, Toni a lancé la corde, puis a entrepris de mettre la jeune femme à l'abri dans la barque. Cela n'a pas été facile. Il a dû sauter à l'eau et s'immerger afin d'enrouler une amarre au tronc de l'osier, avant de hisser Yvonne sur l'embarcation oscillante. L'estomac chaviré, le ventre pressant, trop lourd en cette heure, jupes relevées sous son manteau, elle s'est laissé pousser, honteuse, pleine de colère contre elle-même, consciente d'être devenue un fardeau encombrant, bien autant que précieux. Plusieurs fois, la barque a manqué se retourner. Enfin, après maintes tentatives épuisantes, Yvonne se trouve en sûreté entre les flancs de la barque.

Alors — elle agenouillée dans l'embarcation et Toni toujours dans l'eau —, ils se tournent du côté où ils ont vu Nando un moment avant, quand il attrapait le chanvre tressé.

La corde flotte, ondule sur le flot refermé.

Nando n'est plus au bout de la corde, Nando n'est plus là.

Il n'y a plus que l'eau jaunâtre, foncée par places de gras limon, rouge comme du sang étalé, rouge comme le sang de la blessure de Nando.

Etourdi par le choc, pris de faiblesse, il n'a pas eu le temps de s'attacher. Il a glissé dans le courant. Il ne s'est pas relevé. Le monstre, le fauve, le dragon aux écailles d'eau l'a foulé dans son galop d'enfer, il a pesé sur lui, sur sa poitrine humaine et fragile, de toute la force de son ventre froid et jamais repu, de son ventre gluant. Yvonne a poussé un hurlement terrible.

— Nando, mon amour !

Vite, très vite, sans même l'ombre d'une hésitation, le second jumeau a plongé dans l'eau furieuse. Il a fouillé la gueule ouverte du monstre, plein de choses arrachées un peu partout, de ferrailles indigestes, d'arbres mordus, mâchés, concassés. Il a cherché là-dedans en aveugle, avec ses mains brassant la boue et les dangereux débris, faisant surface de temps en temps pour emplir d'air ses poumons qui brûlent.

Il a plongé cinq fois, six fois, sept.

Et une fois encore.

Il l'a retrouvé.

Mais de longues minutes ont coulé avec le flot. Bien trop pour un homme, même si celui-ci claironnait sans cesse, fier, un rien fanfaron : « Je suis un fils du fleuve. Le Rhône, c'est mon père ! »

Des pères de ce genre, il ne faut pas s'y fier. Il en est, et de moins sauvages, qui dévorent leurs rejetons.

Dans la barque, sur le corps roide de Nando, Toni accomplit en vain les gestes qui sauvent. Longtemps. Même si ces gestes ne servent à rien, même s'il sait, comme Yvonne, que la vie de Nando s'est éteinte.

La barque, enfonçant sous le poids des vivants et du mort, a repris sa course sur l'eau, en direction de la terre ferme. Sous les peupliers où elle se faufile, gronde la rumeur du flot sauvage.

Plus loin des fanaux trouent l'horreur de cette nuit précoce. Des barques de sauveteurs se dirigent vers eux. La pluie s'est arrêtée juste quand la digue a cédé dans un fracas d'enfer. De la terre où ils ont accosté à temps, ils ont entendu le grondement de cette eau gonflée de violence qui déferle, arrachant tout sur son passage, engloutissant brièvement la maison de la rive. Détruite. Anéantie. Comme l'amour d'Yvonne, comme son bonheur.

Le second besson pleure silencieusement. Alors, elle, la femme des hauteurs, du Replat dans les collines, elle regarde Toni avec haine. Lui, il vit ! Elle s'est couchée sur le corps de Nando. Solennellement, elle lui jure d'emmener loin du fleuve, pour toujours, l'enfant de leur amour.

Yvonne frotta ses paupières. Elle ouvrit les yeux. Non, ce n'était pas la nuit. La matinée était radieuse, le ciel pur, et un Rhône d'argent et d'émeraude miroitait entre les berges. Les herbes folles se pressaient sous les fuseaux élancés des peupliers. Yvonne se releva, défroissa sa jupe. Des larmes qu'elle ne pouvait retenir glissaient sur ses joues. Cela fait mal, le retour en arrière, l'incursion de certains souvenirs, en soi. Elle tourna le dos aux ruines de sa maison. Elle traversa l'étendue embroussaillée. Elle se dirigea vers l'anse, vers le chemin, vers la bourgade. Le Rhône descendait avec elle, grondant sans trop d'insistance. Elle lui montra le poing, puis marcha, les yeux au sol, pour ne plus le regarder. Mais l'odeur du Rhône, son odeur particulière de grand fleuve mâle, emplissait l'air ambiant, et elle ne pouvait oublier qu'il était son ennemi. Alors elle s'arrêta et montra une fois encore son poing fermé au géant.

Pascalou, son fils et celui de Nando, respirerait bientôt l'air de la vallée, cette vallée qui s'abreuvait au fleuve.

Et Yvonne avait peur.

VI

En février, il avait gelé dur. Lorsque Fanfan marchait dans les chemins autour de la Roussière, entre les haies épineuses, du mouillé quelquefois lui arrosait la tête et les épaules.

Le garçon pensait qu'il pleuvait, mais, quand il arrivait à découvert, pas la moindre goutte ! Et, retrouvant la voûte des aubépins enchevêtrés aux viornes, et leurs feuilles mortes que seule la poussée des nouvelles détacherait, le frère d'Yvonne comprenait. Pendant la nuit, il avait gelé et, sous l'action de la timide chaleur de midi, de petites perles dures se détachaient des branches et tombaient sur le chemin où elles fondaient. C'étaient ces perles qui se prenaient dans ses cheveux redevenus épais et lui avaient fait croire qu'il pleuvait.

Il s'agissait juste d'un petit fait de la vie quotidienne à la campagne, qui revêtait pour Fanfan une grande importance. Après ces mois passés loin de la Roussière, le garçon avait eu du mal à se réhabituer et, pourtant, Dieu sait s'il était pressé de rentrer. Mais c'était maintenant, oui, seulement, à la moitié du long hiver, qu'il lui semblait redécouvrir le Replat, la Roussière, et même les découvrir avec un regard neuf.

Fin mars, le temps se fit doux, et il y eut déjà dans l'air une promesse de printemps. Tous les amandiers étaient en fleurs, les pruniers s'entouraient d'un tendre halo rougeâtre et les coucous pointaient hors des touffes d'herbe. On avait fait inséminer les génisses et, plus calmes, elles attendaient qu'on les sorte, ce qui ne tarderait plus.

Yvonne ne parlait pas beaucoup à Fanfan, mais c'était ainsi depuis toujours. Elle était encore moins loquace que la mère. Elle accomplissait les besognes domestiques l'air absent ; son fils devait lui manquer. Mais elle ne se plaignait pas. L'hiver avait été pénible pour tous, obligés de se côtoyer à longueur de journée à la ferme. L'hiver pesant, avec la neige qui glissait du ciel gris, comme si elle ne devait plus jamais s'arrêter de tomber.

Le printemps les délivrait enfin.

La mère était partie à l'herbe, car il ne restait guère de choux pour les lapins. Elle en emplirait un sac de jute qu'elle porterait sur son dos. Et, dans un petit panier en osier, elle placerait les dents-de-lion soigneusement déterrées avec son couteau ; elle les trierait, et le soir elle préparerait une salade avec du lard et des croûtons frits. C'était le régal de Fanfan.

Le père dormait encore, dans la chambre contiguë à la salle. Yvonne pelait des pommes de terre, l'air appliqué, et cependant ailleurs. Pas une mèche ne dépassait de sa coiffure sage, tirée en arrière.

— Je sors, Yvonne. Je vais jusqu'à la vigne pour y commencer la taille. Tu n'as pas besoin de moi, ici ?

— Non, Fanfan. Ça va.

Il avait enfilé sa grosse veste de velours côtelé, celle qu'il préférait, pétrie d'odeurs, usée aux pliures des coudes. *Taille tôt, taille tard, la meilleure, c'est celle de mars* ! Le père aussi l'affirmait. On gardait cette vigne non pour le profit, mais pour avoir du vin sur la table pendant l'année, une piquette qui titrait à peine neuf degrés, mais qui leur suffisait bien. Et Yvonne la sobre s'arrangeait même pour la mouiller d'eau, dans son verre !

Des grives s'élevèrent d'un repli de terrain ; elles étaient revenues depuis peu. Ce matin, au lever, Fanfan avait entendu chanter le merle pour la première fois, et, tout ça, c'était quand même bon signe.

Fanfan se mit au travail. Il tailla deux rangées sans s'arrêter, le geste précis et rythmé. Puis, se redressant, il regarda les hauteurs où la neige restait collée en plaques épaisses. Il ne voyait pas le Pilat, perdu dans un nuage de brume. Son regard revint sur la vigne, couvrant la pente. Il se dit qu'en cas de pluies, qui doubleraient les effets de la fonte des neiges, il devrait disposer des fascines en certains points pour prévenir l'éboulement.

Cette résolution prise, il se tourna carrément vers le bas. Il se sentait bien et pour un peu il aurait tombé la veste, car le soleil qui se dégageait des traînées brumeuses chauffait vraiment. Des fumées blanches s'élevaient un peu partout, provenant des feux que les paysans allumaient avec des sarments ou des branches d'arbres fruitiers.

C'était l'époque où l'on éclaircissait les vergers sur le Replat et jusqu'à Pélussin, Maclas et le versant ensoleillé qui redescendait vers le Rhône. Et tout ce qui provenait de la taille, faite ici souvent avant la floraison, brûlait joyeusement avec les broussailles racornies de l'hiver.

C'était joli, trouvait Fanfan, ces nappes de fumées traversées par une clarté ensoleillée et qui se répandaient dans le ciel avant de se désagréger lentement. Il n'y avait pas de vent et ces pâleurs immobiles tamisaient la lumière changeante du soleil et prenaient des teintes inattendues comme ces petits cailloux tant policés par le cours patient de l'eau vive.

Fanfan enleva sa veste. Il ne se lassait pas de promener son regard autour de lui, entre les quatre coins cardinaux. L'horizon se rapprochait et ramenait pour ce garçon les limites du monde à celles d'un gros ballon à tranches grises, vertes et brunes, où tapait le soleil.

Il se remit à l'ouvrage, mais avec moins de fougue, car toute cette beauté ensoleillée l'avait comme grisé. Il tailla encore trois rangs, et une paresse le prit. Il se redressa, s'étira et bâilla. L'instant d'après, sa fatigue avait disparu et il avait l'impression que son sang était exactement comme la sève quand elle remonte dans les arbres.

Il pensa à Géline. Il eut envie de la voir. Tout de suite ! Les pluies d'automne, la neige, les grands froids de février l'avaient gardée longtemps éloignée de la Roussière. Peut-être attendait-elle un signe de lui. Il s'obligea à terminer assez de rangées pour que la moitié de la vigne fût propre. Alors il fit un tas des sarments, il les brûlerait plus tard à la fin de la taille ou plutôt il rapporterait quelques jolies petits fagots à la mère qui les appréciait quand elle allumait le feu dans le fourneau de fonte.

Fanfan remit sa veste et prit un sentier qui montait à travers les pins en direction de la Cavale. C'était un groupe de rochers ainsi nommés ; étroitement agglomérés ensemble, ils avaient précisément la forme d'une jument cabrée.

Il fut à peine surpris de découvrir son souhait exaucé en rencontrant Géline à cet endroit où, souvent, dès la fin de l'hiver, elle aimait se tenir. Mais ce jour-là c'était comme si elle avait été mystérieusement avertie de sa décision. Un ruisseau gonflé, ici, traversait la forêt, se jetait dans la combe, dévalait le rebord des rochers pas très loin de la Cavale dans une ruée d'écume et plongeait plus bas encore, cascadant en produisant un crépitement d'étincelles liquides. Il y avait un bout de prairie qui reverdissait et que dominait le rocher monstrueux.

Géline se trouvait dans ce pré sauvage avec sa troupe de *goulous*, les dindons. Il y avait beaucoup de jeunes ; indisciplinés, ils s'échappaient sans cesse et elle leur courait après, les reconduisait en criant dans le gros de la troupe, pour les voir filer l'instant d'après, et elle les pourchassait avec indignation, courant à droite et à gauche, n'arrêtant pas de batailler pour les garder tous rassemblés.

Fanfan riait, c'était trop drôle. Enfin, l'ordre fut rétabli et les becs picotèrent vigoureusement l'herbe tendre pour y dénicher des vers dont tout ce petit peuple emplumé était friand. De nouveau, le ciel fut rempli d'oiseaux migrants qui revenaient sur le Replat, et il fut comme habillé par un manteau de plumes, lequel se défit aussi vite qu'il s'était formé. Tout reprenait vie et jamais Fanfan ne s'était senti aussi renouvelé, en affinité avec le monde qui l'entourait.

— Ouf ! J'en suis venu à bout, dit Géline.

Et, lâchant sa badine, elle se laissa tomber dans l'herbe.

Campé près d'elle, jambes écartées, Fanfan la regardait. Elle était jolie tout de même, cette petite fille de sorcière, cette sorcière de petite fille ! Elle ne craignait pas le froid ni l'humidité et portait juste des chaussettes, comme une enfant, et une jupe plissée qui cachait tout juste ses genoux. Et par-dessus son tricot elle avait enfilé une veste de laine. Elle avait tiré ses cheveux en arrière; son visage ainsi dégagé présentait presque la forme d'un cœur.

— Ta sœur Yvonne va bien, Fanfan ? Et tes parents ?

— Ça va, dit-il, pensant à autre chose.

— Pascal se plaît dans son collège de la vallée ?

— Je crois.

— Voyons, Fanfan, tu dois bien te rendre compte ? Quand il vient, qu'est-ce qu'il raconte ?

— Oh, tu sais, le petit n'est pas bavard, c'est de famille. Mais moi j'ai l'impression qu'il est pressé, des fois, que le dimanche soir arrive, pour retourner dans la vallée.

— S'il doit faire sa vie là-bas, autant qu'il s'y plaise.

Fanfan s'assit près de Géline au milieu du troupeau emplumé. Les nouvelles échangées, ils restaient silencieux, chacun goûtant un bonheur procuré par la présence de l'autre, un bonheur dont la source pourtant était bien différente, pour ne pas dire à l'opposé. Le soleil les couvrait de sa lumière sans chauffer beaucoup, mais c'était suffisant pour qu'on se sentît bien et pour que persistât l'euphorie de Fanfan. Géline avait un sourire léger, le sourire de quelqu'un qui sait apprécier chaque moment de l'existence. Un peu de peau couleur de miel pâle se voyait entre le haut de sa chaussette et le bord de sa jupe, et, à un mouvement qu'elle fit, son genou se dénuda ; ce n'était rien, et pourtant Fanfan réagit violemment.

— Viens un peu, Géline, on va faire quelques pas. Tes dindons se goinfrent, le coin leur plaît. Ils ne risquent rien. Et puis nous n'irons pas loin.

Elle se leva, le suivit sans méfiance. Il l'entraîna vers un bouquet d'amandiers, d'une blancheur de lait dans la lumière, incongrus à la frange d'une forêt. Il la serra dans ses bras avec une brutalité provenant de son impatience. Ce n'était plus sa raison qui commandait, mais l'instinct, et Géline, surprise par cet assaut, parut effrayée.

— Fanfan, tu me fais mal, laisse-moi, je t'en prie !

Elle comprenait parfaitement ce qui se passait, ce que Fanfan voulait et ne savait pas demander.

Il s'énerva. Il avait cru, presque, que la chose se ferait toute seule.

— Géline, tu m'as écrit que tu m'aimais, tu me l'as fait comprendre cent fois avec des mots, des gestes, des sourires, après mon retour. L'hiver t'a donc gelé le cœur ?

Il la tenait plus fort. L'émoi de Géline, tout en sueur d'un coup, comme l'étaient — il l'avait remarqué — les tendres femelles éventées par leur mâle, sa peur aussi, augmentait le désir qu'il avait d'elle et lui donnait l'envie forcenée de vaincre. De la vaincre. Il essaya de se contrôler pour la raisonner à sa façon.

— Écoute, Géline, tu as dix-huit ans, presque, et, tu sais, les filles ne sont pas toutes comme toi. Pourquoi tu as peur, pourquoi tu ne dis pas oui ? Je te plais et tu n'es plus une petite gamine, quoi ! Il n'y a rien de terrible à faire ces choses, au contraire, tu verras comme c'est bon. Alors ?

— Pas avant de me marier, Fanfan !

Il la lâcha, dépité.

— Ma parole, tu t'es trompée d'époque. Remarque, moi, je veux bien me marier avec toi, mais pas maintenant, à vingt et un ans, quand même, c'est trop jeune.

— Mais je pensais…

— Tu pensais faux. J'ai des projets, tu comprends. J'aime la Roussière, mais je ne veux pas continuer à m'y crever avec un matériel qui date du déluge et juste une pauvre haridelle même pas bonne à faire des steaks en guise de tracteur. Je vais acheter un bon outillage. Des engins. Ça veut dire que je vais m'endetter.

— Mais tu n'as pas tort, Fanfan. Je le pense. Seulement, va doucement, sois prudent. Ta mère, tu crois qu'elle voudra suivre ?

— Il faudra bien. En tout cas, ce n'est pas le moment de me mettre une famille sur le dos. Ça suffit du reste.

— Mais... quel reste ?

— Les autres. Tu oublies mon père, infirme. Et ma mère vieillit, qu'elle le veuille ou non. Et il y a ma sœur Yvonne, qui reste à charge ici, même en s'occupant du troupeau. Et mon neveu, en plus.

— Ton neveu ne coûtera pas longtemps aux Planchet. Ton neveu s'appelle Marrion et il a son avenir tracé dans la vallée.

— Oh, on n'est jamais sûr de rien.

La déception le rendait méchant et hargneux, il avait la voix dure, et ses mots étaient comme des pierres qu'il lançait à droite et à gauche, mais aussi sur Géline. Toute sa joie s'était envolée quand il avait compris qu'il resterait sur sa grande faim. La frustration de ce qu'il estimait un dû lui était insupportable. Géline ne relevait pas son âpreté, elle avait repris son sourire calme et doux.

— Bien sûr, Fanfan, je comprends. J'attendrai. Tu sais, moi aussi je suis bien jeune pour penser à me marier.

— Mais moi, pour « ça », tu crois que je patienterai ?

Elle posa sur lui son regard si pur et dit, d'une voix tranquille :

— Tu devras, si tu m'aimes.

Rageur, il lui tourna le dos. S'éloigna.

— Où tu vas ? cria Géline.

Il ne répondit pas. Il redescendit en courant vers la vigne. Et, sans relâche, il tailla jusqu'au soir, soutenu par la colère, le cœur débordant de rancune envers Géline dont il savait la résolution inébranlable.

VII

Après le long et dur hiver, le troupeau qu'elle aimait et qui prospérait par ses soins fut rendu à la douceur d'un printemps qui perdait chaque jour de sa timidité.

Yvonne était partie de bonne heure. Elle avait emporté dans un panier une pile du linge de son fils pour le ravauder. Le matin, elle ne toucha pas à son ouvrage, tant était grand son plaisir de retrouver les pâtures, la solitude de cet endroit isolé du Replat. Et le silence. Un silence jamais total, mais comme mis en évidence par tous les petits bruits familiers qu'elle redécouvrait.

Partout, d'autres troupeaux, invisibles de l'endroit où se trouvait Yvonne, lâchés depuis peu, ivres d'espace, faisaient vibrer les ondes du tintement de leurs clochettes. Des chants d'oiseaux s'élançaient vers le ciel. Yvonne pensa à la vallée. Là-bas, les gens connaissaient-ils cette exaltation joyeuse qui suit la fin de l'hiver ? Un hiver, chez eux, en bas, tellement plus doux. Elle haussa les épaules. Elle ne voulait pas évoquer la vallée. Même le souvenir de son expédition chez Toni lui était déplaisant.

Yvonne se leva, regarda autour d'elle. Les bosquets, au-delà des pâtures, cachaient déjà leur nudité sous une légère écume vert tendre. Les pins gonflés de sève libéraient de résineux effluves. L'herbette roidie longtemps par les gelées ou cachée sous la neige poussait et se renouvelait avec vigueur. Par plaques entières, en bordure des bois, poussaient les narcisses. Yvonne, le matin, avait décidé de laisser de côté ses préoccupations, mais voilà que celles-ci la suivaient. Le père n'allait pas bien, la mère se refermait davantage depuis quelque temps, flairant sur Fanfan quelque chose de suspect, comme un ferment de rébellion qu'elle, Yvonne, n'avait pas décelé encore. Elle avait bien assez à s'inquiéter pour son propre fils. Ce matin-là, pourtant, elle avait dû écouter Marie Planchet.

— Yvonne, ton frère me donne du souci. Il change ! Fanfan était si heureux, à son retour, et maintenant il s'irrite d'un rien, il parle à peine. On ne sait plus ce qu'il a dans la tête !

Quand le soleil fut haut et tint le milieu du ciel purifié de ses grisailles, Yvonne prit sur le dessus de son panier les vivres qu'elle avait apportés, pliés dans une serviette de toile. Elle pensait à Géline. La petite ne venait plus la voir comme avant, et elle faisait pâturer son troupeau de dindons à l'écart de la Roussière. Cet éloignement intriguait Yvonne. *Qui* Géline fuyait-elle ?

Lentement, Yvonne commença son repas, les yeux allant de l'horizon qui l'encerclait sans l'enfermer, aux moutons dont la laine moussait, comme s'ils eussent été vêtus de nuages, ces nuages aujourd'hui absents du ciel radieux. Appréciant toujours sa solitude — et pourtant elle aurait été heureuse de voir Géline —, Yvonne mangea sa tranche de pain de seigle, son fromage et ses deux œufs durs, termina par une pomme, se désaltéra à la gourde emplie d'eau de source. Ensuite elle prit cette attitude contemplative qui la caractérisait. Et son visage montrait cette beauté figée que plus rien ne réveillait. Cependant, quiconque se fût approché de la femme et penché sur son front y eût décelé une ligne nouvelle, une ride, le tracé de l'inquiétude.

La cause, bien sûr, en était Pascalou.

Oh ! ses études — théorie et pratique — marchaient fort. Il était très discipliné. Et il s'entendait bien avec son oncle Toni. Trop bien. Le samedi, quand il remontait de la vallée, Yvonne allait à sa rencontre sur la route. Et, l'embrassant, elle le respirait, trouvant sur lui l'odeur étrangère, inquiétante, de *là-bas* !

Lui, il disait, les yeux brillants : « Il neige donc ici ? Dans la vallée, il pleut ! »

Ou bien : « Le brouillard ici est plus épais qu'en bas ! »

Yvonne caressait ses cheveux, le serrait brièvement contre elle. Il avait forci. Il grandissait de semaine en semaine. Toujours aussi secret, il devenait cependant plus loquace et ne dissimulait plus ses élans d'enthousiasme. Il répétait souvent : « Mon oncle a dit ceci… Mon oncle a fait cela… Mon oncle pense que… »

Yvonne se contraignait à la patience. Rongeant son frein, elle ne l'interrompait pas et elle écoutait son discours. Mais, le jour où l'enfant avait parlé du fleuve, elle avait tressailli. C'était en février et Pascal, à peine arrivé à la Roussière, avait déclaré :

— Le Rhône est en crue, maman !

Yvonne s'était détournée. Le samedi suivant, quand son enfant aux cheveux de soleil avait dit : « Le Rhône a baissé. Bientôt les gens de la vallée pourront semer le maïs », farouche, et la voix vibrante, elle s'était exclamée :

— Que t'importe le débit de ce fleuve ? Que t'importe la vie des riverains ? Tu es dans la vallée pour y apprendre l'agriculture selon les méthodes nouvelles, dans un bon collège. Mais n'oublie jamais : tu es un fils des collines avant tout !

En soupirant, Pascal avait regardé sa mère, tellement pareil à elle, robuste comme elle, blond et secret. Passionné aussi. Comme elle.

Yvonne prit enfin son ouvrage. Elle était sans entrain. Deux jours encore… Deux jours et puis l'enfant monterait vers la Roussière, heureux, certes, de retrouver les contours bosselés des collines, leurs creux, leurs bois, leurs sommets pelés accompagnant la route de Pélussin et le grand espace rugueux du Replat, heureux aussi d'embrasser ses grands-parents, son oncle et surtout sa mère. Mais, le dimanche soir… non, bien plus tôt, dès le début de l'après-midi, Pascal tournerait souvent la tête du côté du levant, là où les collines s'entrouvrent et permettent à la route de s'échapper vers la vallée ; là où le Replat s'incline. Alors, déjà, en pensée, il se détacherait des siens. Comme tous les autres dimanches ! Son esprit et son cœur s'évaderaient, pleins de cet oncle Toni découvert tardivement et aimé comme un père, pleins de ces images glanées dans la vallée.

Les mirages du fleuve s'étaient-ils implantés sous ce front d'enfant des pays hauts ? Sa voix menteuse l'avait-elle sollicité ? Ah, maudit Rhône, fauve maudit !

Yvonne cependant n'osait rien demander à l'enfant. Elle en était réduite à supposer. Et, ce jour-là, elle remplaçait les boutons manquants des chemises, en reprisait les poignets élimés, bouchait les trous des chaussettes, très loin elle aussi du Replat et de la Roussière, rejoignant son fils au-delà de cet horizon de mamelons brun-vert qui les séparait tous les deux. Elle se trouvait dans la vallée, près du fleuve aux nuances multiples, à la voix forte et à l'odeur particulière.

Tout à coup, la femme penchée sur son ouvrage fut surprise, puis inquiète ; dans le tas de vêtements à raccommoder, elle avait glissé, elle en était certaine, un pantalon de toile blanche dont elle projetait de défaire les ourlets avant les beaux jours, Pascal ayant beaucoup grandi depuis l'été dernier. Et ce pantalon n'était pas là.

Yvonne n'acheva pas ce qui lui restait à coudre. Elle replia brusquement son ouvrage. Elle avait compris, avertie par son intuition, et ce don de prescience que possèdent presque toutes les femmes quand il s'agit de leur enfant.

Yvonne savait parfaitement où se trouvait aujourd'hui le pantalon manquant. Ce pantalon *blanc*.

Et ce jour-là, encerclée par les collines, elle pleura.

VIII

Fanfan avait conduit Coquet, le cheval, au bord du champ un peu spongieux. Il chercha la herse cachée à l'orée des hautes herbes. On n'avait pas encore semé, mais il y avait eu des pluies, et si c'était bon pour amollir la terre, après les fontes, ça pouvait devenir catastrophique. Point trop n'en faut, disait le père. Et, comme toujours, il avait raison. D'autre part, après la taille, croyant le beau temps définitif, Fanfan avait planté les pommes de terre bien en avance et c'était une erreur, mais il se serait fait hacher plutôt que de l'admettre.

Et, aujourd'hui, le soleil brillait de nouveau, le ciel était pur, l'air semblait vibrer, qui rapprochait si près les monts du Lyonnais et du Forez que le garçon avait l'impression qu'en tendant la main il pourrait les atteindre et les rassembler d'une poussée autour du Pilat, avec les collines du Jarez.

Fanfan soupira. Depuis son retour de l'armée, rien ne marchait. A l'automne, il avait semé le blé et le blé végétait sur la pente à peine inclinée, habituellement frissonnante, à cette époque, d'une tendre houle verte. Peut-être qu'il faudrait changer de culture, avait suggéré la mère, et semer en alternance uniquement de l'avoine et du seigle, mieux adaptés à leurs sols du Replat. De quoi elle se mêlait, la mère ! S'il renonçait au blé, autant renoncer à manger. Ou alors… ce serait pour planter du tabac dont quelques-uns parmi les agriculteurs — bien plus bas que la Roussière, il est vrai — avaient commencé la culture, imitant ceux du Bas-Dauphiné et du Massif central. Et ce projet lui trottait par la tête. Excellente raison pour s'affirmer, se débarrasser de ce qu'il appelait à présent *le joug* de la mère.

Comment sa sœur pouvait-elle supporter de lui obéir depuis des années ! Cette Yvonne était incompréhensible. Elle ne risquait pas de se remarier dans le coin, sa froideur aurait glacé le prétendant le plus ardent ! A vrai dire, Yvonne ne souhaitait pas refaire sa vie. Ce Nando de la vallée, elle ne l'oublierait jamais. Fanfan, lui, se souvenait à peine de son beau-frère.

Sa colère rentrée lui pesait sur l'estomac. C'était comme s'il avait avalé des cailloux. Pourtant, autour de lui, sous ce soleil redevenu radieux, la campagne n'avait jamais été aussi belle. Elle ressemblait à une grande femme couchée dans une posture langoureuse, avec ses courbes précises. Mais Fanfan ne voyait rien, et, s'il ressentait, c'était confusément. Il supputait qu'un grand séchoir était nécessaire pour entreposer une récolte de tabac en tiges, jusqu'à la vente aux services d'exploitation industrielle des tabacs, l'État ayant le monopole de la vente, mais aussi de l'achat. Il faudrait également des abris en polyéthylène pour les semis. Fanfan s'était renseigné en cachette de la mère. Et l'emprunt dépasserait ce qu'il avait prévu pour moderniser la Roussière. C'était une aventure, certes, de se lancer dans le tabac par ici, une expérience qui pouvait s'avérer désastreuse pour celui qui n'y connaissait rien. Il fallait avoir de l'argent et du temps à risquer. La mère savait bien ce que Fanfan avait en tête, et elle le désapprouvait ouvertement. C'était une des raisons pour laquelle il devait tout manigancer derrière son dos.

Fanfan attela Coquet à la herse. « Une image qui date du Moyen Age ! » se moqua-t-il, contemplant le tandem animal et mécanique antique.

— Oui, dit-il tout haut, il n'y a plus que chez les Planchet qu'on voit ça !

Et Coquet bougea les oreilles comme pour approuver ; Coquet aurait peut-être bien préféré de passer une retraite méritée dans quelque pâture verdoyante. La semaine d'avant, Fanfan avait labouré sous un crachin pénétrant, et les mottes restaient lourdes et luisantes. On enfonçait dans les sillons grossiers jusqu'aux chevilles. Partout ailleurs sur le Replat, des tracteurs perfectionnés bourdonnaient, et, lui, il lançait un : « Hue, Coquet, hue ! »

Un tracteur. C'était indispensable. Même la mère en convenait. Coquet d'ailleurs ne serait pas éternel, et à ce rythme-là on allait le crever.

Fanfan jeta sa musette dont le poids lui tirait l'épaule. Elle était lourde. La mère ou Yvonne — Yvonne, plutôt — y avait placé une grosse boule de pain gris, du lard, des pommes de terre et des reinettes, et une bouteille de leur vin aigrelet. Il n'avait pas faim. Maussade, il cherchait de nouveau l'horizon, par-dessus les bords de cette combe où il s'était enfoncé avec Coquet, mais il ne voyait même pas les naseaux de la Cavale érigée. A présent, l'ombre recouvrait la courbe étroite. Un couvercle cotonneux pesait sur cette faille naturelle où le champ se faufilait. Mais, progressivement, il s'allégea. La brume se dissipa et entre deux bourrasques Fanfan revit les cimes bleutées des monts du Lyonnais.

Les rayons du soleil forçaient ce qui restait du barrage poisseux au-dessus de sa tête. Des laques d'azur se montraient. Enfin ! La journée serait belle. Mais au fond il s'en moquait. Fanfan ne chantait plus. Il avait perdu sa joie de vivre et son ardeur au travail, et même l'amour de la Roussière, parce qu'il n'avait pas les moyens ni le droit de l'aménager à sa guise. Rien ne changerait jamais ici, ses journées s'useraient à travailler comme on le faisait au siècle dernier, et il rentrerait le soir dans un bruit de sonnailles, de piétinements et d'appels, annonçant le retour du troupeau dont s'occupait Yvonne et qui coûtait plus qu'il ne rapportait, Fanfan avait calculé.

Il évoqua Géline, travaillé par une sourde rancune. Puis la mère. Toutes les deux des obstinées, des faiseuses d'embarras, avec leurs idées d'une autre époque, leur pudibonderie. Elles le décevaient, ces femelles de malheur, elles le contrariaient, l'exaspéraient.

« Qu'elles aillent au diable ! » se dit Fanfan, et il cria de nouveau : « Hue, Coquet ! »

Le cheval ébranla lentement sa masse placide et sans hâte avança. Fanfan guidait l'attelage. Des corbeaux fouissaient la terre dans son sillage. En Dauphiné, des mouettes suivaient les tracteurs au labour. L'assèchement des lônes du fleuve les contraignait à refluer vers les terres iséroises proches. Un de ces jours, elles monteraient jusqu'au Replat, ces oiseaux-là se fichaient bien de bousculer les traditions.

La herse, de ses doigts de fer bien écartés, griffait, égalisait de son mieux la surface du champ, divisait à peu près les mottes. Demain, sans retard, il devrait semer. Sinon, en décembre, il se retrouverait là, à la même place, les pieds dans la neige, à récolter son maïs, si celui-ci avait réussi à pousser ! De toute manière, bien avant lui, les paysans du bourg auraient déjà empilé leurs épis dans les *cribs* — les séchoirs — ou auraient pratiqué leur ensilage. Le maïs qu'on récoltait sur les hauteurs n'était pas vendu, en principe ; il servait à nourrir le bétail.

Fanfan travailla encore un moment, sans entrain, perdu dans ses pensées sombres, insoucieux du soleil qui à présent étincelait, ayant écarté les dernières guenilles de la brume.

Il tapait sur la nuque du gars, sous ses cheveux trop longs, et chauffait ses épaules à travers le tissu de sa vieille veste de velours, qu'il n'avait même pas songé à ôter. Il n'entendait pas les chants des oiseaux où se mêlait le gazouillis d'un petit enfant. Un enfant ? Il n'y avait que Pascal à la Roussière, et on ne pouvait plus dire, vraiment, que c'était un marmot.

— Bonjour !

L'interpellation le frappa. Il sursauta, se retourna. Une femme, très jeune, lui souriait. Ebahi, Fanfan lâcha les guides du cheval et, les yeux écarquillés, il examina l'apparition. Ça en valait le coup d'œil ! La jolie inconnue se tenait au bord du premier sillon, les pieds un peu enfoncés dans cette terre luisante, affamée de semence, qu'il avait travaillée. D'une main, elle serrait l'anse d'un mignon panier en osier ; rempli, il n'aurait pas pu contenir plus de trois pommes ou une livre de cerises. De l'autre, elle retenait une toute petite fille aux boucles brunes. D'où sortait cette *nana* ? Fanfan restait là, bouche bée, comme s'il n'avait jamais vu une femme de sa vie ! Celle-ci ressemblait à ces filles éternellement jeunes qu'on admire avec convoitise sur les couvertures des magazines d'un genre un peu spécial, sauf qu'elle était habillée, bien habillée même, avec des fringues qui ne sortaient pas d'un hypermarché, on s'en rendait compte tout de suite même si on n'avait pas l'habitude. Sensationnel, ce pantalon qui enserrait le bas de son corps étroitement, telle une seconde peau ! Et ce pull-over tout doux, avec une espèce de grand col lâche, d'où jaillissait son cou élégant comme une tige de lis. Et, au bout de cette tige de chair, il y avait une si jolie tête, casquée d'or roux, qui s'inclinait un peu vers la droite dans une attitude attentive. Fanfan aima le nez gentiment mutin, d'un genre dit spirituel, et les yeux écartés et vifs, d'une forme parfaite d'amande.

— Vous vous êtes perdue ? bredouilla-t-il, comprenant malgré sa surprise qu'elle attendait qu'il parlât.

Elle souriait toujours. Quelles jolies dents elle avait, des dents aiguës de dévoreuse. Il se demanda si la petite fille était à elle. Les filles, ici, après avoir accouché d'un premier enfant, perdaient leur silhouette agréable, leurs hanches s'élargissaient, leurs reins s'épaississaient, leur ventre devenait mou sous la robe de toile. L'idée que la belle inconnue fût malgré tout la mère de cette enfant le contrariait sans qu'il sût pourquoi… ou plutôt il savait bien, mais il ne voulait pas se l'avouer : il détestait l'idée qu'un homme lui eût donné ce bébé, et, de ce fait, eût droit de regard sur sa vie.

Mais qu'est-ce que ça pouvait lui faire, il ne la connaissait même pas !

— Je ne suis pas perdue, je me promène, je cherche des dents-de-lion.

Fanfan hocha la tête, désigna les étoiles jaunes au parfum âcre, dans l'herbe de la prairie qui bordait le champ.

— Des pissenlits pour la salade. Trop tard. Les dents-de-lion font la fleur, qui d'ailleurs est prête à passer.

Elle était sûrement de la ville, pour se tromper comme ça d'époque, à propos des pissenlits ! Il avait envie de rire, mais il se retint parce qu'elle aurait pu croire qu'il se moquait. Dépitée, elle regarda le minuscule panier neuf, lequel, Fanfan le remarqua, contenait un canif, tout petit. Et il comparait ce joujou aux gros couteaux pointus dont les femmes du Replat se servaient pour déterrer les plants de pissenlits.

— Mais on m'avait dit que j'en trouverais.

— On vous a mal renseignée.

Elle eut une moue adorable.

— Tant pis. J'achèterai de la laitue.

L'enfant se mit à tousser et devint toute rouge, suffoqua, pleura, étouffa. Fanfan la considéra, alarmé, mais la jeune femme ne s'affola pas. Elle tapota le dos de la petite, la moucha, l'embrassa. Enfin, l'affreuse quinte cessa.

— Mais qu'est-ce qu'elle a ?

— Pauvre chou, elle a attrapé une bonne coqueluche, et pourtant elle était vaccinée, vous le croiriez, vous ? Sans les vaccins, d'ailleurs, elle l'aurait eue terriblement forte, le médecin l'a affirmé. Il paraît que je ne lui ai pas fait faire son rappel à temps. Ce serait donc un peu de ma faute. Enfin, c'est comme ça. Cela ne sert à rien de se culpabiliser. Autrefois, les enfants n'étaient pas vaccinés pour la coqueluche, je l'ai eue moi aussi, et je n'en suis pas morte. On m'a expliqué qu'un changement d'air serait bénéfique, c'est pourquoi nous voilà toutes les deux dans cette région. Là, au moins, il n'y a pas d'usine pour polluer.

— Je ne vous ai jamais vue au village, parvint-il à placer pendant qu'elle reprenait sa respiration, après cette avalanche de mots.

— J'y vais rarement. J'ai loué aux Brosses, sur la route de Pélussin.

— Je vois, oui. C'est un endroit agréable. Vous allez rester longtemps ?

— Jusqu'au mois d'août.

Plusieurs mois. D'apprendre cela rendait Fanfan curieusement joyeux. Même, il ressuscitait. Son humeur tournait au beau fixe, s'accordait enfin au temps. Comme le regard de la jeune femme s'attardait sur lui, l'examinant, le garçon se sentit gêné dans ses vêtements de travail. Et, pour la première fois, il détesta sa bonne vieille veste si confortable, mais un peu trop râpée. Il aurait voulu, comme par magie, être habillé de son rechange du dimanche afin de se montrer sous son meilleur aspect à cette belle fille de la ville.

— Et votre mari ? demanda-t-il, déjà plus hardi.

— Qui vous dit que j'en ai un ? fit-elle.

— Je parierais que oui, pourtant. Je me trompe ?

— Non. Il est ingénieur et en ce moment il se trouve en Afrique.

— Vous ne l'avez pas suivi ?

— Je ne pouvais pas, avec la petite fille. Et d'ailleurs le climat ne me va pas. J'ai fait un essai, au début du mariage. Catastrophique.

La petite fille voulait toucher Coquet, elle n'en avait pas peur. Fanfan amena le cheval tout près. Le garçon se débarrassa de sa veste, la chaleur commençait à se faire sentir, mais surtout, il ne la supportait plus sur lui, et il voulait montrer sa carrure. Oh ! c'était bête, sûrement, et c'était manquer de modestie, mais enfin il se trouvait plutôt joli garçon, sa sœur Yvonne d'ailleurs le lui avait dit un jour où elle était d'humeur à parler et surtout à complimenter.

La citadine le toisait, très à l'aise, et sans aucune discrétion. Peut-être qu'il lui plaisait. En tout cas elle le trouvait sympathique. Il y avait bien une raison pour qu'elle s'attarde ici, à cause de tout et de rien, ne se décidant pas à partir. Elle racontait. Elle avait loué la petite maison des Brosses par l'intermédiaire d'une agence. C'était une résidence secondaire comme on en voyait un peu trop du goût de Marie Planchet. Une de ces résidences tapageuses, avec des murs de toutes les couleurs et un toit éclatant, qui ne s'intégraient pas au paysage et juraient avec les constructions anciennes et typiques, domaines clos à la lyonnaise, ou bien maisons trapues aux murs de belles pierres jointoyées, sous le toit de tuiles rondes d'un rouge passé, apaisé, plus nombreuses que les premières à cause de la proximité du massif du Pilat.

Le soleil faisait briller les cheveux de Fanfan. De beaux cheveux, d'une nuance rare. Il le savait. Depuis son retour de l'armée, il les soignait particulièrement. Il demandait à Yvonne de lui égaliser les mèches parce que le coiffeur du village, pas jeune, pas moderne, vous ratiboisait tout, comme si vous étiez encore soldat. Leur blondeur étonnante et presque nordique fascinait les filles, il en avait fait l'expérience, loin de la Roussière.

Alors, exprès, il se plaça dans la lumière, tandis que la jeune femme élégante posait comme les autres son regard captivé sur cette tache de soleil.

— Pourquoi vous n'utilisez pas un tracteur comme tout le monde ? On est encore au Moyen Age, ici, à la Roussière — c'est bien le nom de ce lieu-dit, plus haut ?

Elle sourit, en montrant Coquet et la herse plus loin, rangée sous un aulne qui marquait la limite du champ et plongeait ses racines dans l'humidité secrète de la combe ; et la charrue, aussi, utilisée la veille.

— Je croyais que, ces machins-là, on ne les trouvait plus que dans les musées.

Fanfan était bien de cet avis. Ça n'empêchait pas de ressentir du dépit et une honte cuisante. Il n'aimait pas que cette jeune personne vît leur dénuement. Il aurait voulu lui apparaître pour cette première rencontre (il en souhaitait donc une autre) juché sur un de ces engins modernes dont il rêvait. Tel un chevalier de l'an 2000 et quelques. Il regarda le vieux cheval, fourbu, mais si loyal et courageux. Et, cette fois, il eut honte de l'avoir méprisé, en le regardant avec les yeux de l'étrangère.

Aussi, il prit chaleureusement sa défense.

— Coquet travaille dur. Il ne tombe jamais en panne, lui, comme les mécaniques. Aussi, j'estime qu'il a droit à une retraite. Peut-être qu'après la récolte du blé, si elle est bonne, il pourra se reposer, j'achèterai un tracteur.

— Qu'est-ce que vous cultivez, par ici ?

Fanfan lui expliqua. Il lui parla même de son autre projet, le tabac. Il lui parla aussi de la mère qui lui mettait toujours des bâtons dans les roues.

Du père qui déclinait de jour en jour et qui ne commandait plus à la Roussière, et c'était dommage, parce qu'il se serait montré sûrement plus compréhensif que Marie Planchet.

Les problèmes de Fanfan, ses espoirs, ses démêlés avec sa mère, semblaient vraiment l'intéresser. Un murmure d'approbation entrouvrait parfois sa jolie bouche. Fanfan était flatté. Et ravi. Enfin, quelqu'un qui le comprenait !

Géline aussi comprenait, mais elle ne prenait pas parti, elle se mettait aussi, disait-elle, à la place de la mère.

— Et le brave Coquet ? Où passera-t-il sa retraite ? De quel côté du Replat ?

La retraite de Coquet. Tout à l'heure, il l'avait évoquée sereinement, sans en douter, mais ça, c'était une autre paire de manches. Il allait falloir compter une fois de plus avec la mère. Bien que Marie Planchet soit attachée à Coquet à sa façon, elle exigerait peut-être qu'on le sacrifie pour en tirer quelque argent. Ce serait sans doute la condition pour l'achat d'un tracteur. Coquet à l'équarrisseur ! Ça non ! Mais la mère était ainsi, et elle ne s'apitoierait pas. Fanfan se jura de lui tenir tête. Il pensait au père qui avait formé avec Coquet une fameuse équipe avant sa maladie des os. Lui non plus, il ne supporterait pas qu'on transforme son cheval en biftecks. Elle ne gagnera pas, cette fois, se jura Fanfan, et il sentait vibrer en lui de sombres ondes de colère, il se disait que la mère était insensible, monstrueuse presque, indigne du père qui, lui, avait le cœur généreux, l'âme noble.

Même autrefois, quand il se portait bien, il était capable, lui, d'un geste gratuit.

— On l'installera à la pâture derrière la ferme, je suppose, dit Fanfan.

Il se détendit un peu. Il imaginait Coquet dans le pré au milieu des quelques vaches surprises par cette compagnie débonnaire. La mère, bien sûr, allait regimber, elle était si près de ses sous. Il la plaignait de ne pas posséder une once de sentimentalité. Mais tant pis pour elle. La mère voulait la bagarre, elle l'aurait. Au fond, dans cette famille, il était le seul à écouter son cœur avant la voix de la raison. Le père ? Pouvait-on savoir ce qui pouvait demeurer de douceur en lui, avec sa torture quotidienne, son fauteuil roulant, ses souffrances morales, sa privation de grands espaces... Cette Yvonne, sa sœur, qui semblait plus que jamais imperturbable... Un jour, ressemblerait-elle à leur mère, dure comme les rochers de la Cavale ? Et Pascal ? Lui, c'était un enfant, on ne pouvait pas savoir encore, et il était si secret. En tout cas, ce gamin ne tenait pas à la Roussière, il parlait toujours de la vallée — quand il consentait à ouvrir la bouche.

— Vous voilà bien songeur, tout à coup !

Il tressaillit.

— Je pensais à ma famille. J'ai l'impression de leur ressembler si peu, à tous.

Pourtant, Yvonne aimait ses moutons. Mais c'était sans frémir qu'elle vendait les agneaux au printemps. Il parla de sa vache préférée, la Blanchette ; c'était à présent une bête magnifique, il l'avait choisie lui-même, pour une fois la mère n'avait pas cru bon intervenir. Il avait élevé Blanchette au biberon, car la génisse qui l'avait mise au monde était morte des fièvres peu après la naissance. Blanchette avait une étoile sur le haut du crâne, entre les cornes, qu'on ne rabotait pas, chez eux. Cette bête non plus, il ne la vendrait pas, dit-il farouchement à la jeune femme. Même quand elle ne serait plus rentable, même quand elle ne donnerait plus de veaux. Après tout, il était le maître à présent à la Roussière, tout reposait sur ses épaules. Alors, si on trouvait normal qu'il se charge de tout le travail, il devrait quand même par-ci par-là avoir quelques petites compensations.

La jeune femme l'approuva, souriante. Il demanda :

— Comment c'est, votre petit nom ?

— Arielle.

— Moi, c'est François.

Il n'avait pas dit Fanfan. Tout à coup, son surnom l'exaspéra.

— Il faut que je rentre à présent, dit-elle. Laura s'impatiente.

— Laura ! C'est joli. Arielle aussi. Et original. Je ne connais aucune femme qui s'appelle Arielle.

— Eh bien, maintenant ça vous en fait une. Je suis contente de vous avoir rencontré, François, je m'ennuie tant, ici.

— Alors j'espère qu'on se reverra, s'enhardit-il.

— Oui, je veux bien. Vous pouvez venir chez moi pour bavarder. Je suis toujours seule avec la petite Laura.

— Je passerai un de ces soirs.

— Vous trouverez ?

— Bien sûr, je connais les Brosses.

— A bientôt, François, donc.

Il la suivit du regard le plus longtemps possible sur la pente, le long des blés qui commençaient à pointer timidement. Arielle. Elle était mariée. Si on lui avait dit, hier, qu'il s'intéresserait à une femme mariée, il aurait bien ri. Ou se serait fâché. Mais quoi, son mari était au bout du monde et d'ailleurs elle ne pensait pas à mal. Lui non plus. Il rougit, car en fait il avait des pensées bien précises à propos de cette étrangère. Pas encore des projets. Mais ça ne saurait guère tarder, admit-il.

Fanfan s'assit sous un aulne et, avec un appétit soudain, il mangea son pain et son lard, but le vin âpre, croqua les pommes. Puis, revenant à Coquet, il termina son travail vite et bien, en chantant. Il était heureux, de nouveau.

Comme avant. Mieux qu'avant.

IX

Yvonne endura stoïque le supplice d'une nuit d'insomnie, due à sa décision. Car elle ne pouvait pas empêcher l'angoisse et le tourment de venir la ravager. Un vendredi, à la première heure, elle attendit au bord de la route le passage de l'autocar. Elle se tenait sous le vieil abri de planches où autrefois on plaçait les berthes métalliques pour le laitier, avant que toutes les fermes, même les plus petites, disposent d'un tank à lait.

La veille, Yvonne était allée voir Géline. La petite avait accepté de garder son troupeau. De ce côté-ci, la femme était tout à fait tranquille.

Le véhicule bruyant et d'un modèle ancien arriva, la tirant de sa méditation. Yvonne prit son billet et se casa au fond, près d'une vitre. Elle portait toujours la même robe stricte, mais qui lui semblait décente et assez bonne pour la ville. Un fichu de cotonnade cachait ses cheveux relevés ; il était noué sous sa nuque. La barrette qui retenait les mèches, achetée au rayon bazar de l'épicerie du Replat, formait une petite bosse sous le tissu. Elle avait pris sa veste de laine tricotée — la jaquette, comme on disait encore ici — et elle l'avait jetée sur ses épaules.

L'autocar était bourré, car les femmes des hauteurs se rendaient le vendredi dans la vallée pour le marché. Rares étaient celles qui possédaient une voiture ou avaient obtenu leur permis, et les hommes avaient autre chose à faire que de les conduire. Certaines vendaient les fromages séchés sur les claies et bien salés, et les laitages en faisselle. Elles transportaient leur crémerie dans de profonds paniers en osier. D'aigrelettes odeurs emplissaient le tacot, surpassant même les désagréables émanations d'essence qui y stagnaient en permanence.

Yvonne regretta d'avoir choisi le vendredi, mais elle n'aurait pas pu attendre davantage. Elle appuyait son visage à la vitre, se souvenant de la dernière fois où elle était descendue vers le fleuve. Elle regardait le profil des collines qui s'estompait doucement. Quelques champs ensemencés de blé défilèrent, élevant leurs pousses vertes hors des sillons irréguliers. En fait, il n'y avait pas qu'à la Roussière qu'on utilisait encore un cheval, une charrue à mancherons. Sur ces terres pentues, la mécanisation ne pénétrait que lentement. Il fallait des tracteurs sophistiqués, adaptés à la montagne. Ils coûtaient. Le motoculteur était utilisé souvent. Seuls, les gros exploitants — et ils n'étaient pas nombreux — utilisaient des engins sur leurs terres à peu près accessibles. La plupart des petits paysans travaillaient également à l'extérieur, dans les usines de la vallée, surtout les jeunes. La terre n'aurait pas pu les nourrir avec tous les besoins qu'avait une famille, à présent.

Elle pensa aux récits que lui faisait son père, Jules Planchet, quand il était d'humeur à raconter. En juillet, les paysans coupaient le blé à la faucille. Les femmes, les releveuses, qui suivaient, assemblaient ces épis coupés en javelles, puis en gerbes qui, plus tard, dressées, séchaient en formant le gerbier. Ensuite les gerbes étaient battues sur l'aire avec des fléaux. Jules Planchet disait qu'il fallait souvent refaire le fil des outils et, à l'époque, la maréchalerie avait du travail. Il n'y avait rien de plus beau, assurait le père, que le son des outils chantant dans la campagne. Yvonne aimait écouter l'infirme quand il racontait. Surtout que ces récits le tiraient de son profond marasme où la maladie le plongeait les trois quarts du temps. Mais quand le père parlait ainsi, qu'il vantait les jours enfuis et les regrettait, Fanfan haussait les épaules et disait : « C'est le passé ! » Et le père souriait, pas vexé. Il avait pour son dernier-né une immense tendresse et beaucoup d'indulgence.

Depuis longtemps, dans la vallée et même sur les coteaux proches, tout était fait par les machines, le père le savait et devait bien l'admettre.

Yvonne réprima un bâillement, dû à son estomac bousculé par les cahots, les nombreux virages. On arrivait enfin. Elle apercevait les champs, les vignes des gens de la vallée et leurs vergers précoces tout fleuris déjà. Abricotiers, pêchers, cerisiers se succédaient. Ceux-ci étaient les plus nombreux. Les demi-tiges avaient remplacés les arbres de plein vent, qui n'allaient pas très bien avec la vigne. Et puis, à l'époque des cerises, les chutes étaient nombreuses, lourdes parfois de conséquences.

Des variétés de « bigarreaux » furent créées, beaux fruits, d'un rouge incarnat, dodus et craquants. On abandonna la « guigne » pas assez sucrée et trop petite. Au début du siècle, les premiers expéditeurs de fruits s'installèrent dans la vallée, pas très loin des gares. Par la branche maternelle, les Marrion comptaient un ancêtre expéditeur de fruits, à l'époque héroïque où ces commerçants, avec leur initiative nouvelle, faisaient figure de « risque-tout ! » Et pourtant ce fut le succès. Les cerises de la vallée du Rhône étaient renommées, elles montaient par le train jusqu'à Paris, détaillées aussitôt sur les marchés, *burlat* et *reverchon*, *cœur-de-pigeon* et *napoléon*...

Nando lui avait raconté cela. Le Replat, ça n'était plus le coteau. C'était le palier avant les montagnes. En bas régnait l'abondance, là-haut tout était mesuré chichement, et bien heureux quand on avait des griottes en juillet.

Yvonne appuya son visage à la vitre. Quelque part au milieu de cette végétation abondante, de ces nuages roses et blancs faits de pétales innombrables, il y avait l'héritage de Pascalou.

Les vergers disparurent, on entra dans la ville. Le car freina brutalement et Yvonne se retint au dossier du siège devant elle. Le véhicule s'était arrêté à l'entrée de la place aux acacias. Il ne pouvait pas aller plus loin, à cause du marché. La femme du Replat descendit derrière les autres, chargées comme les bourricots dont parlait Jules Planchet et qui pouvaient vous transporter n'importe quoi. Les arbres élancés montraient de petites feuilles neuves. Le marché déployait déjà les couleurs vives de ses stores, une rumeur gaie s'installait, mêlant conversations de ménagères, appels de camelots, rires d'enfants, aboiements, criailleries diverses ; et tout cela était troué parfois par des gloussements de volailles effarées. Il n'y avait jamais de vrai marché sur le Replat ; parfois un épicier, un camelot s'installaient sur la place avec leur camionnette, mais on n'achetait que l'indispensable, on se méfiait de leur bagout.

Yvonne passa, indifférente, entre les bancs croulant sous les marchandises les plus diverses, et tentatrices. Mais pas pour elle. Yvonne ne regardait même pas ! Rien n'aurait pu la distraire de ses préoccupations. Elle n'envia pas les femmes qui semblaient toutes jeunes et bien vêtues, quel que fût leur âge, et qui achetaient sans trop se soucier du prix ; d'ailleurs ceux-ci ne variaient pas d'un étal à l'autre, les forains ne se faisant pas concurrence. Entre les oranges dorées et les ananas si parfumés, s'offraient à la vue des fruits exotiques, qu'Yvonne ne connaissait pas. Elle ne leur donna qu'un coup d'œil distrait et n'en accorda pas un seul aux étals de vêtements printaniers. Elle ignora celui de l'orfèvre. De sa vie, elle n'avait convoité d'autre bijou que cette alliance à son doigt, celle alliance qui ne la liait plus qu'au passé, à un mort.

Yvonne s'engouffra dans la ruelle, laissant derrière elle avec soulagement les joyeuses clameurs du marché. Le clocher de l'église sonna neuf coups, lents, très lents, pénétrants. La femme se départit une seconde de son apparente impassibilité, le temps de jeter un coup d'œil hostile vers l'atelier de menuiserie, au fond de la cour où elle venait de pénétrer. Mais les lances que Toni fabriquait n'étaient pas alignées contre le mur et rien, pour l'instant, ne lui rappelait le fleuve, le *monstre*.

La maison de Toni se dressait dans le soleil du matin, accueillante. Sur la façade, les rosiers grimpants renaissaient au printemps. Le jardin était toujours en friche, mais cette friche était émaillée de fleurs sauvages et les arbres fruitiers fleurissaient. Des grumes étaient rangées le long de la clôture. Yvonne avança vers la porte vitrée de l'atelier, mais elle était fermée encore. Toni n'était pas là ! Alors elle monta à l'étage et, sans frapper, elle entra. La salle de séjour était déserte. Yvonne se souvint. Quand Toni commençait très tôt sa journée, il s'accordait vers neuf heures un second petit-déjeuner.

— Toni, appela-t-elle.

Et elle fit irruption dans la cuisine. Elle y trouva son beau-frère, attablé devant un bol de café. Surpris, il leva vers elle un regard trop brillant. Son visage était rasé de frais. Dieu, qu'il lui rappelait Nando !

— Toi, Yvonne…

— Mais oui. Où est Pascal ?

Toni repoussa son bol et alla vers la femme. Sa chemise largement échancrée montrait son cou puissant.

— Pascal est parti à sept heures, comme d'habitude. Son premier cours est à huit heures. Tu sembles bouleversée. Je suppose que tu n'es pas venue pour le marché. Qu'est-ce qu'il y a ?

Il tendait les mains vers elle, des mains grandes et dures, avec du cal sur les paumes. Elle recula et il parut chagriné. De nouveau, il demanda, d'un ton patient :

— Dis-moi ce qui ne va pas, Yvonne.

— Je veux voir la chambre de Pascal.

Elle le bousculait, le houspillait. Il la retint par le coin de sa manche.

— Mais pourquoi ?

D'une secousse, elle se dégagea.

— C'est celle du fond, Pascal me l'a dit. C'est la pièce où son père dormait, enfant.

— Où *nous* dormions, rectifia Toni. Il y avait deux enfants dans cette maison.

Yvonne se rua vers la chambre. Celle-ci était claire et ensoleillée. Le lit étroit montrait un fouillis de couvertures éparses.

— La femme qui s'occupe du ménage ne vient qu'à dix heures, s'excusa Toni, derrière Yvonne. Mais me diras-tu… enfin…

— Je me moque bien du désordre.

Fébrile, elle ouvrit l'armoire. Elle fouilla jusqu'à ce qu'elle découvrît le pantalon. Bien sûr, il était coupé à hauteur des genoux et ourlé, petit travail d'aiguille exécuté sans doute par la femme de ménage, trop complaisante.

— Belle culotte de jouteur, dit Yvonne, froide et le visage blanc.

Elle chercha encore parmi le linge de l'enfant et elle trouva les chaussettes de trois couleurs, le maillot de coton blanc, tout neuf, avec dessus, imprimé, le nom de la ville, et les chaussures spéciales, toile blanche et semelle de corde. Les chaussures que portent les jouteurs.

Elle jeta le tout sur le lit défait. L'homme, pâle comme elle, et confus comme un enfant pris en faute, baissa la tête. Yvonne lança, la voix dure :

— Tu m'avais pourtant promis de veiller à ce qu'il n'approche jamais le fleuve !

— C'est lui qui a voulu, bafouilla lamentablement Toni.

— Tu lui as vanté les plaisirs que le Rhône procure.

— Je n'ai rien dit. Il a su, tout seul. Il a découvert les traditions, en courant le soir le long des rues de cette ville, en bavardant avec les jeunes, mais encore plus avec les anciens.

— Je ne signerai pas sa demande de licence. Je suppose que ça doit toujours exister.

L'homme passa une main nerveuse dans ses cheveux bruns. Son regard se troubla. Elle accusa, d'une voix forte :

— Oh, mais je comprends ! Tu l'as déjà signée. Toi, Toni Marrion !

Piteux, il hocha la tête. Elle jeta, avec fureur :

— Tu es un traître. Un mauvais oncle. Car ainsi tu vas contre son intérêt.

— Comment peux-tu savoir où est son intérêt, Yvonne ?

— Je suis sa mère, dit-elle, comme si ça expliquait tout.

— Écoute, Yvonne. C'est Pascal qui… Je n'ai pas su, je n'ai pas pu lui résister. Il est le fils de Nando : « Bon sang ne peut mentir ».

— Il me ressemble également.

— De l'extérieur. Né d'une fille des hautes terres, il tient avant tout de son père, un fils du fleuve.

— Ah ! Tais-toi donc !

Yvonne ne se dominait plus. Elle lui lança au visage des injures cruelles. Debout, derrière le lit étroit, désemparé, les bras le long du corps, il se laissait invectiver sans chercher à se défendre. De temps en temps, elle reprenait haleine, entre deux phrases brutales ; et, humble, il la regardait. Quand elle fut arrivée au bout de la liste injurieuse, essoufflée, le teint avivé, elle exigea :

— Jure que tu sermonneras Pascal et que tu lui interdiras l'approche du fleuve. Jure que tu lui démontreras qu'il est trop jeune pour tenir une lance de joute et pas habilité du tout à pratiquer ce sport nautique. Il ne sait même pas nager.

— Euh… Il a appris. Et très facilement.

Yvonne lança un juron de charretier que même son frère Fanfan n'aurait pas osé et qui passa, rude, entre ses dents serrées. Toni ne bougeait toujours pas.

— Jure ! ordonna-t-elle encore. Jure, ou je reprends Pascal.

L'homme essaya de plaider pour son neveu dont il augurait la déception terrible.

— Yvonne, je veillerai sur lui. Ce n'est pas dangereux. Il y a bien moins de risques que dans certaines activités sportives. Et Pascal aime ça, passionnément. Il veut disputer cette année son premier tournoi, et…

— C'est non ! dit-elle, implacable. Jure !

— Tu es dure, Yvonne, murmura Toni, accablé. Oui, je jure puisque tu l'exiges.

Il soupira. Yvonne passa devant lui comme une furie. Alors, constatant combien elle était énervée, elle qui d'ordinaire montrait si peu ses émotions, il l'appela :

— Yvonne ! Ne t'en va pas comme ça. Calme-toi d'abord. Attends, je vais te donner un verre d'eau.

— Je ne suis pas malade.

Elle se retourna. Elle avait dans les yeux des larmes qu'il lui était impossible de dissimuler, ou de contenir. Toni s'effraya :

— Yvonne, tu te fais du mal ! Si ce n'est pas malheureux… Se mettre dans des états pareils et pour si peu de chose, quand on y pense. Nando, lui, t'aurait dit que…

— Ne me parle pas de Nando. Pas toi.

Et les larmes, débordant le lit de sa douleur, ruisselaient sur ses joues, sur son cou. Hypnotisé, Toni regardait ces lourdes perles salées qui se perdaient sur le petit col rond du chemisier démodé.

— Où tu vas, Yvonne ? L'autocar ne remonte vers le Replat qu'au début de l'après-midi.

— Ne t'occupe pas de moi !

Elle s'enfuit. Envahissant la ruelle, des femmes rentraient du marché, leur panier plein au bras, ou poussant de drôles de petites sacoches montées sur roues, remplies de légumes. Elle les entendit chuchoter derrière son dos :

— C'est la veuve à Nando, la femme de la Roussière, sur le Replat.

Sans trop savoir comment, Yvonne était arrivée sur la rive du fleuve. Calmé après ses sautes d'humeur de fin d'hiver, le Rhône était paisible et d'une couleur imprécise où le blanc dominait. La femme pénétra dans les broussailles près de la maison qui se résignait à l'abandon irrémédiable, avec son toit écroulé, ses murs assaillis par les herbes folles, les plantes qui grimpent.

Elle dépassa ce qui avait été sa demeure, s'enfonça plus loin dans la jachère, ce qui restait de l'ancienne vorgine. Des ronces neuves jaillissant du fouillis de la végétation mordaient ses jambes de leurs épines toutes fraîches façonnées, dures comme du barbelé. Yvonne ne s'arrêta que sous le bouquet de pruniers sauvages et s'étonna de le trouver tel qu'au temps de son bonheur. Tout fleuri, il ressemblait à un nuage posé sur des tiges gracieuses, un nuage parfumé, gonflé d'une neige de rêve.

La femme se jeta sur l'herbe haute. La marche l'avait apaisée un peu. Son peigne avait glissé, son chignon vieillot s'était défait et sa chevelure dénouée enveloppait ses épaules. Elle respira l'odeur fine des fleurs de pruniers et celle de l'eau proche, pas désagréable ce jour-là, fraîche, et sans relent de poisson mort.

Nando, Nando, mon amour… Ici, il l'embrassait, il apprenait l'amour à son corps neuf, ce corps qui, après le drame, s'était glacé pour toujours, semblait-il. Mais il suffisait bien de son cœur pour lui rappeler Nando ! Cependant, au sein de l'herbe tendre, sous cette brassée de parfums couronnant les pruniers doucement fouillés par la brise, Yvonne se souvenait *totalement*. Sa chair s'éveillait de son sommeil interminable. Et ce réveil était cruel.

« J'existe, Nando, et toi tu n'es plus. »

Elle se rappela avec précision une scène voluptueuse, du temps de son bonheur. Elle gémit. Son sang flamba, son ventre se fit douloureux. *« Nando, mon amour, j'ai besoin de toi et tu dors à jamais dans ce cimetière derrière la ville, ce cimetière où, en quinze ans, je n'ai eu le courage de pénétrer pour y prier pour toi… »*

L'air caressait ses joues brûlantes. Elle rejeta sa veste de laine en arrière. Sa poitrine frémissait, enfermant un cœur lâchant la bonde à un chagrin accumulé si longtemps. Elle pleura encore, traversée de désirs, assoiffée de la rosée amoureuse, affamée de baisers. Puis toutes ces larmes répandues depuis le matin, et la fatigue du trajet et de sa nuit d'insomnie, vinrent à bout d'Yvonne. Allongée dans l'herbe, elle s'endormit d'un coup, emportant le visage de Nando penché sur elle, comme avant, Nando qui la regardait de ses grands yeux à la teinte changeante. *« Nando, mon amour… »* Elle soupirait dans son sommeil. Elle s'agitait.

— Nando, mon amour, mon amour !

— Chérie, dit la voix assourdie, en écho à la sienne.

Elle jeta ses bras devant elle. Ils trouvèrent le cou puissant auquel ils se nouèrent. Un visage alla au-devant du sien. Ses lèvres quémandèrent un baiser qu'elle reçut, interminable, plein de la même violence que cette passion revenue brutalement en elle, à fleur de peau, à fleur de corps.

Elle ouvrit les yeux, juste le temps de voir, de s'étonner, en ne s'éveillant rien qu'un peu, de ce visage brun, *connu*, le visage de son amour où luisaient des yeux de fièvre. Secouant sa torpeur délicieuse, elle leva une main, l'insinua dans la chemise de l'homme, suivit le tracé de l'épaule, trouva la marque ancienne. Elle voulut alors retourner à son sommeil miséricordieux. Mais son corps la brûlait, son corps sevré d'amour réclamait son dû de caresses.

— Je t'ai suivie à travers la ville, dit la voix basse de celui qui respirait fébrilement près d'elle. Surexcitée comme tu l'étais, je craignais quelque sottise…

— Tais-toi, ordonna Yvonne, éveillée tout à fait.

Mais, à cause de ce corps exigeant qu'elle se découvrait tout à coup et qui ne lui obéissait plus, elle ne protesta pas quand l'homme se fit pesant sur elle.

Elle lui rendit ses baisers, tous ! Et, quand ses mains chaudes se posèrent sur sa peau, elle trembla de la tête aux pieds. L'homme tremblait aussi. Il dit :

— Je t'aime !

Elle ne répondit pas.

Plus tard, il s'agenouilla devant elle, la prit aux poignets. Elle fut bien obligée de baisser les yeux sur lui. Gênée soudain, en le découvrant dans cette posture, elle voulut s'échapper. Mais il la retint.

— Dis, tu ne vas donc pas te décider à vivre, femme du Replat ? Je t'aiderai. Je suis là, moi, et je t'aime.

— Tu m'aimais déjà, *avant !*

— Mais je le cachais et toi seule avait deviné. Je ne t'ai jamais offensée, pas même d'un regard.

— Je te déteste !

— Et moi je t'aime tant.

— Tu ne profiteras pas de la mort de Nando, pas plus aujourd'hui qu'hier.

Toni pâlit.

— Tu es donc inhumaine, Yvonne ?

— Quand ton frère est mort, tu t'es dit : « C'est bien malheureux, mais moi j'aurai enfin sa femme ! »

— Tais-toi, par Dieu, tais-toi ! Oui, je t'aimais, Yvonne, mais lui, cette moitié de moi, je l'aimais aussi, d'un amour que tu ne pourrais pas comprendre. Et jamais, tu le sais, je n'ai jalousé le bonheur de Nando.

Yvonne savait tout cela, mais ne voulait pas l'admettre. Elle était butée comme le jour des funérailles de Nando. Et son corps, à présent repu après avoir épanché son lancinant besoin d'amour, n'éprouvait aucune reconnaissance envers celui qui l'avait comblé. Il lui pesait, la gênait comme une chose honteuse. Pour un peu, elle se fût trempée tout habillée dans le fleuve ennemi pour y laver le souvenir des brûlantes minutes.

— Laisse-moi aller ! commanda-t-elle enfin.

Toni la lâcha, mais resta à genoux, comme hébété. Elle s'était enveloppé les épaules de sa veste de laine, avait regroupé ses cheveux. Déjà, elle filait le long du fleuve. Le menuisier se releva, courut, et l'ayant rattrapée lui emboîta le pas.

— Yvonne, mon amour…

— Ne m'appelle pas ainsi. Oublie. Il le faut. Sinon…

— Sinon ?

— Je serai contrainte de reprendre Pascal. Et tu peux imaginer sans peine combien mon fils en serait affecté.

— Dure ! Tu es si dure ! Pourtant je t'aime, tout comme au premier jour quand je t'ai vue, gardant les moutons, toute sauvage et toute fière, comme ces hautes terres qui t'ont engendrée. Toi, tu ne regardais que Nando. Mais, dans mon malheur, je me réjouissais de le savoir choisi, de le savoir heureux.

— Tais-toi. Ou je reprends mon fils.

— Je me tais, donc.

— Tu l'éloigneras du fleuve. Tu lui ôteras de la tête ces idées folles qui s'y sont mises. Tu as juré.

— Oui. Je l'ai juré, déjà. Je le jure, de nouveau.

— Et tu oublieras ce qui s'est passé ce matin, sous les pruniers.

— Je tairai mon amour, oui. Et j'écarterai l'enfant du fleuve. Mais je n'oublierai pas, ça non !

Il lui avait lancé un regard bien déterminé. Yvonne haussa les épaules. Ils étaient arrivés vers le coude que formait le fleuve. En cet endroit, le Rhône, comme alangui, se prélassait un peu et le ciel qui buvait à lui le rendait bleu, éphémèrement. A droite, derrière les terres, il y avait la bourgade tapie au pied du coteau fleuri de rose et de blanc, entre les escaliers de vignobles. Sur la rive gauche s'étendaient de longues berges couvertes de grands arbres qui les maintenaient entre leurs racines puissantes. Pourtant le fleuve en avait arraché de plus grands, de plus beaux.

On devinait les cités voisines dans le moutonnement de la végétation neuve. En aval, Saint-Rambert, aux pêches renommées, Serrières, déjà aux portes de l'Ardèche, Tournon…

Yvonne soupira.

Toni désigna le grand fleuve apaisé et il dit :

— Notre mère, à Nando et à moi, déclarait souvent : « Après un temps, en vient un autre ! La vie garde en réserve de beaux jours, qu'elle donne après les mauvais ! »

Yvonne semblait ne pas entendre. Toni poursuivit néanmoins en ne la quittant pas des yeux :

— Ma mère avait sûrement raison. Vois, Yvonne, le Rhône est bleu, parfois. Tu ne trouves pas ?

Yvonne ne répondit pas.

Mais elle regardait le fleuve.

Toni, lui, regardait les fleurs de prunier oubliées sur ses cheveux.

X

Alors qu'Yvonne était occupée à l'étable, son frère décida de s'éclipser discrètement.

— Où tu vas, Fanfan ? l'agressa la mère qui voulait, qui devait tout savoir.

Il sursauta. La femme, sèche et sans âge, retint son fils par le pan de sa veste de velours.

— Je vais faire un tour au village.

— Tu sais bien que non. Tu mens.

Marie Planchet le regardait droit dans les yeux. Fanfan était exaspéré. Pourtant il baissa les siens. Cette femme, sa mère, l'avait toujours intimidé.

— Fanfan, tout le monde sait que tu as une liaison avec cette *couratière* !

— Je t'interdis.

Interloquée, la femme se raidit.

— Parfaitement. Ce n'est rien d'autre que cette femme des Brosses.

Pourquoi continuer à feindre, puisque la mère savait ?

— Ça ne regarde que moi, jeta le garçon avec un certain mépris et une certaine arrogance, aussi.

— Fanfan, tu as été élevé chrétiennement, je pensais que tu respectais le bien d'autrui. La femme d'un autre. Elle est mariée.

— Et après ? Si tu veux tout savoir, elle ne l'est pas à l'église et donc ça ne compte pas.

Il triomphait. C'était par hasard qu'Arielle lui avait révélé ce détail qui avait toute son importance, et Fanfan s'en était emparé avec une hâte avide, persuadé que ça pourrait servir. Il ne s'était pas trompé. Fort de cette certitude, il n'éprouvait plus aucune culpabilité à tenir Arielle dans ses bras.

Son seul désir, à présent, se limitait à rencontrer le plus souvent possible cette femme, sans penser du tout à l'avenir.

— Elle t'a ensorcelé, dit la mère. Mariée à l'église ou pas, pour moi ça ne fait pas de différence.

— Mais tu disais… que le seul mariage valable est celui qui a été béni par Dieu !

— Je le pense toujours, mais je crois aussi aux lois des hommes. Tu brises un foyer, Fanfan !

— Tu veux rire ! Le foyer n'existe plus, elle me l'a assuré.

Il s'en persuadait allègrement.

— Si cette femme t'a fait croire cela, c'est pire encore ; elle est vraiment égoïste, insouciante, amorale.

— C'est tout ?

— Non, ce n'est pas tout. Elle devrait penser à son enfant. Et à toi, aussi.

— Pourquoi, à moi ?

Le visage de la mère n'exprimait rien de son bouleversement violent, et Fanfan était bien loin de se douter de sa peine et de son angoisse.

— Parce que tu vas souffrir, Fanfan, oui, souffrir, mon pauvre petit.

Il ne fut pas attentif à la tendresse des derniers mots. Il haussa les épaules et s'éloigna à grandes enjambées. Tout ce que la mère ou même Yvonne — avec plus de discrétion — pourraient lui dire ne servirait à rien. Arielle, il l'avait voulue, aimée, dès qu'il l'avait vue ce jour de printemps piquant et il s'était donné tout entier à elle dans un regard. Le même soir, incapable d'attendre, de laisser passer quelques jours pour une rencontre, il était descendu aux Brosses…

Il prit sa mobylette, rageant de ne pas pouvoir acheter une voiture. A quoi ça lui servait, d'avoir son permis ! Il traversa le village, faisant pétarader son engin. Le bistrot était ouvert, ses vitres éclairées formaient un grand rectangle jaune dans l'ombre. Les copains étaient là, à jouer au baby-foot, ou à disputer une partie de coinche. Les femmes vaquaient à leurs occupations du soir dans leur cuisine. Les hommes s'attardaient sur les seuils pour fumer une cigarette, tandis que les enfants jouaient dehors jusqu'à la dernière minute. C'était une des premières soirées agréables de la saison.

Fanfan passait sans saluer personne. La solitude du parcours lui convenait, il le faisait si souvent à présent, d'ailleurs, qu'il aurait pu aller les yeux fermés. Il entendait le chant flûté des crapauds amoureux, le cri rythmé des grillons et il pensait qu'Arielle au même moment écoutait elle aussi ce concert de l'été.

Elle avait laissé la lampe allumée, sur le perron. Il entra, sans frapper, en habitué qu'on attend. Le cadre de ce pavillon moderne convenait à Arielle. C'était neuf et fonctionnel, sans exclure une certaine fantaisie. Le mobilier était joli mais léger, conçu pour des séjours estivaux, mais pour Fanfan il n'y avait rien de plus chic que ces meubles laqués ou en rotin verni, posés sur des tapis colorés ou fabriqués avec de la paille tressée. La lumière irradiait de grosses boules de couleur orange suspendues au plafond à l'extrémité de longues tiges écorcées, et Fanfan comparait ces lustres à la suspension démodée de la Roussière ; il trouvait qu'ils ressemblaient à des astres emprisonnés dans un berceau de vannerie.

— Bonsoir, François ! dit Arielle, câline. Je me demandais si tu allais venir.

— Tu sais bien que oui, mais ma mère m'a retenu, elle voulait me parler.

— De quoi ?

— Oh, c'est sans importance.

Il n'allait pas laisser la mère lui gâcher sa soirée. Il dévorait Arielle des yeux. Elle portait toujours des choses extravagantes qui, sur toute autre personne, auraient paru dingues ! Impossible d'imaginer sa sœur Yvonne, ni même Géline, avec ça ! Ces pantalons de soie comme en ont les Orientales, ces tuniques moulantes, et aujourd'hui cette longue robe à ramages fendue sur le côté et qui montrait ses jambes bronzées jusqu'à l'aine.

— Ta fille dort ?

— Oui. Nous serons tranquilles.

— Je voudrais la voir endormie.

— Ah bon ? Enfin, si tu y tiens. Mais ne fais pas de bruit. Si Laura se réveille, on ne pourra plus s'en défaire, tu la connais.

A vrai dire, Fanfan n'éprouvait aucune envie particulière d'admirer l'enfant assagie par le sommeil, et qu'il ne connaissait pas du tout, quoi qu'en dît sa jeune mère. Mais le gars imaginait, et pour la première fois, une vie commune avec Arielle. Si, pour eux, le temps arrivait de bâtir des projets, Laura serait comptée dedans. Cette petite deviendrait un peu sa fille, à moins que le père en revendique la garde, ce qui aurait étonné Fanfan. Cet ingénieur toujours à l'autre bout du monde ne pouvait pas s'occuper d'une petite fille. Alors, lui, il devait s'employer à s'attacher peu à peu à l'enfant et à s'en faire aimer.

Laura dormait, en effet, pelotonnée contre les barreaux du petit lit, entourée de peluches de toutes les dimensions qui devaient lui tenir chaud à cette époque ! Arielle se pencha, posa un baiser léger sur les boucles brunes de la petite fille, et Fanfan se sentit bêtement jaloux. Ça commençait bien ! Pourtant, c'était normal qu'Arielle aime et câline sa fille ; le contraire aurait été surprenant.

Ils retournèrent dans le séjour, se blottirent sur le canapé recouvert d'une fausse fourrure de tigre. Serrant Arielle contre lui, Fanfan eut un grand soupir heureux.

— Dimanche, dit-elle, nous irons faire une balade dans les environs et tu conduiras la voiture.

Elle n'avait peur de rien, Arielle. Ce qu'il n'aurait pas admis de la part de ses « payses » le subjuguait venant de cette jeune femme. Il s'était donné corps et âme, la mère avait raison, et c'était grave. Il n'avait pas revu Géline et, quand, par inadvertance, il pensait à elle, Fanfan se demandait comment il avait pu la vouloir comme on veut une femme. Une vraie. Comme Arielle.

Plus tard, après l'amour, Fanfan avisa une photographie dans un cadre, qu'il n'avait pas encore remarquée. Il l'étudia, s'assombrissant.

— Ton mari ?

— Oui, c'est Étienne.

Un bel homme, Étienne, en pleine maturité. Il devait avoir une quinzaine d'années de plus qu'Arielle. Son visage était énergique et ses cheveux drus, bruns ou châtain foncé, s'épaississaient en boucles serrées.

— Il n'est pas mal, dis !

— Oui, Étienne est bel homme, admit Arielle, mais, ajouta-t-elle en voyant Fanfan s'assombrir davantage, je te trouve bien plus beau.

L'enfant lui ressemblait, à cet Étienne. Fanfan s'en rendait compte à présent. Et, quand il reprit Arielle dans ses bras, son mari se glissa entre eux. Ce fut l'impression qu'il eut. Il serra Arielle plus fort, comme pour détruire cette présence que lui seul semblait percevoir et qui ne paraissait pas du tout gêner celle qu'il enlaçait.

Ce soir-là, Fanfan fut tourmenté au cœur même de ce qu'il croyait le bonheur. Il extravagua à outrance. Il se prit à souhaiter que le mari disparaisse, dans ce continent énorme et troublé qu'était l'Afrique noire, d'une fièvre par exemple, qu'il périsse lors d'un séisme, d'une inondation, ou encore qu'il soit victime de quelque soulèvement tribal ! Puis Fanfan eut honte et il inventa au bel Étienne un destin plus enviable, une autre femme, pourquoi pas ? Une belle coloniale qui aurait remarqué l'ingénieur français, si seul.

Le principal était qu'il ne revînt jamais, sinon pour divorcer.

L'enfant pleura, dérangée par la chaleur, et Arielle se précipita pour la consoler et la rendormir. On ne pouvait lui enlever cette qualité d'être une bonne mère. S'il avait un gosse avec Arielle, est-ce que cela précipiterait leur destin ? Est-ce que cela ferait pencher la balance de son côté ? Un gosse. Il s'agissait de le lui faire, d'abord ! Arielle n'était pas du genre à tomber enceinte par hasard ou imprudence.

— A quoi penses-tu, François ?

— A rien.

Ce mensonge ne le fit pas rougir.

L'heure de prendre congé arriva, trop vite comme chaque fois, car personne à la Roussière n'aurait admis que Fanfan découchât ! Minuit était passé depuis longtemps quand il revint, et, dans la côte, il était obligé d'avoir les yeux fixés sur la Roussière et les Pins au-dessus, et donc de penser à la mère, et aussi à Géline qui ne descendait plus à la ferme. On ne voyait plus, également, sa sorcière de grand-mère courir les bois à la recherche des herbes et des plantes médicinales. On disait qu'elle était couchée, atteinte de la maladie du temps qui passe. Yvonne ou la mère à présent montaient chaque jour vers la forêt et le hameau des Pins afin de s'occuper de la vieille femme et de réconforter Géline.

Lui s'en désintéressait. Il n'y avait qu'Arielle qui comptait. Une ombre, près du banc placé contre la façade de la ferme, l'avertit qu'il était attendu. Fanfan crut que c'était la mère qui souhaitait reprendre leur conversation, relancer leur dispute. Mais, quand la silhouette bougea et fit quelques pas vers lui, à sa souplesse il reconnut sa sœur.

— Qu'est-ce que tu fais là, Yvonne ? Tu sais l'heure qu'il est ?

— Et toi ? répliqua-t-elle d'une voix lasse, mais qui ne contenait aucun reproche.

Yvonne n'en avait pas après lui. Elle ne l'attendait pas pour lui parler de son histoire avec Arielle. Elle avait d'autres soucis, qu'elle confia.

— J'avais besoin de discuter avec quelqu'un. Je n'avais pas sommeil, de toute façon. Je me tourmente pour Pascal. J'ai peur. Peur que la vallée ne me le prenne tout à fait et pour toujours.

Fanfan étouffa un bâillement. Il crevait de sommeil.

— Tu te fais des idées. Et puis un fils qui a le caractère de Pascal revient toujours près de sa mère, à un moment ou à un autre.

— Si seulement je pouvais y croire !

— Le père dort, au moins ?

— Oui, dit Yvonne, baissant imperceptiblement la voix.

Les nuages glissèrent, délivrant la lune. Alors blondirent les cheveux d'Yvonne et brillèrent ceux de Fanfan. Le garçon se laissa tomber sur un banc ; sa sœur s'assit près de lui.

— Bientôt les vacances, Pascal reviendra, dit-il, dans un souci d'apaiser sa sœur, de la rassurer ?

— Oui, il reviendra…

Les vacances. Juillet, août, et ensuite Arielle partirait. Il ne la verrait plus aux Brosses. Pourtant Arielle disait qu'elle ne pouvait plus se passer de lui.

— Je vais me coucher, annonça Yvonne.

— C'est ça. Essaie de dormir, ne te tracasse plus.

Il resta seul. Il n'avait plus sommeil. Il voulait penser à Arielle et aux moments intenses partagés avec elle. Mais des souvenirs plus lointains et qui n'avaient rien à voir avec son amie venaient lui envahir l'âme. Il se rappelait de Nanot, leur frère aîné. D'Algérie, Nanot Planchet écrivait aussi souvent que possible. On restait parfois des semaines avec le silence angoissant parfois, aussi, on recevait plusieurs lettres d'un coup. Fanfan qui commençait à lire déchiffrait sur ces lettres d'étranges mots, bazookas, grenades, embuscades. Ça excitait son imagination ; on parlait de la guerre à l'école, entre garçons. Comme Fanfan, certains avaient un grand frère, ou un jeune oncle, ou un cousin en Algérie. Avec un bout de planche, Fanfan s'était fabriqué une mitraillette et, la pointant devant lui, il courait partout, tac tac tac, il déchargeait son « arme » sur la volaille, l'éparpillant dans de grandes clameurs.

— Non, non ! dit Fanfan tout haut, repoussant le souvenir, mais ce souvenir s'imposa davantage.

… La mère est là, devant l'enfant, elle a surgi dans la cour, venue d'il ne sait où. C'est l'été sans doute puisque le blé est doré sous la Roussière. La mère montre un visage sévère, sous le fichu qu'elle porte pour se protéger du soleil et du vent. Elle tient une lettre et cette lettre tremble dans sa main comme une feuille morte au vent ; à moins que ce ne soit cette main qui tremble.

Fanfan a vu monter le facteur tout à l'heure, poussant son vélo, mais il ne s'est pas inquiété, n'en ayant aucune raison. Au contraire, le facteur, c'est le messager qui apporte les précieuses lettres dites « par avion », bordées de bleu et de rouge, que Nanot expédie du bled.

— Jette ça ! crie la mère.

Ça ? Quoi ? La mitraillette — enfin, le bout de planche ? Le gamin hésite. Qu'est-ce qu'il a fait de mal ? Il a effarouché les poules et les canards, mais ce n'est pas la première fois. Il cherche Yvonne du regard. Elle est donc là, aussi. Sa grande sœur qui pleure en silence. Il ne l'a jamais vue pleurer devant les autres.

— Jette ça ! répète la mère. Sa voix est rauque, elle lui écorche les oreilles, lui glace affreusement le sang.

— Suis-moi, dit la mère, avec toujours cette même voix, ce même visage rembruni.

Et Fanfan la suit. Il ne marche pas à sa hauteur ; il reste deux pas en arrière parce qu'il a peur, mais aussi parce que la femme marche vite. Sa robe noire bruisse, le vent s'engouffre parfois par-dessous les étoffes, les retroussant jusqu'à ses genoux. Alors, d'un geste exaspéré, la mère les remet en place. Et elle continue, sans jamais s'arrêter pour reprendre haleine, jusqu'au moment où, enfin arrivée au but, elle désigne les pentes molles sous leur toison végétale.

— Tu sais à qui appartiennent ces champs de céréales qui font des épis serrés, les plus beaux du Replat ? Et ce maïs, là, dans la faille, à nos pieds ? Tu sais, Fanfan ?

— Bien sûr, m'man. C'est à nous.

— Oui, Fanfan, mais ce n'est pas cela que je voulais t'entendre dire.

— Alors c'est à Nanot, puisque le père n'est plus assez fort pour s'en occuper.

— C'était à Nanot. Hier. Plus aujourd'hui.

— Je sais bien. Nanot n'est pas là pour travailler les terres, mais il reviendra.

— Nanot ne reviendra jamais. Maintenant ces terres des Planchet sont à toi, Fanfan, et toute la Roussière.

Elle le considère, son regard passe à travers lui comme une lame.

— Pourquoi, à moi ? balbutie-t-il.

Pour se donner une contenance, il tire sur ses bretelles lâches qui retiennent comme elles peuvent un pantalon rapiécé, coupé à hauteur des genoux.

— A toi, Fanfan, parce que ton frère est mort ! Mort là-bas dans ce maudit pays que je ne connais pas. Tué dans cette guerre qu'il n'a pas demandé à faire.

— Tué… répète Fanfan en écho.

La mort, pour lui, jusqu'à présent, cela s'est résumé par le sang qui gicle du lapin qu'on saigne. C'est aussi le chant commémoratif des clairons solennels, le onze du mois de novembre, sur la place du village. Mais voilà que la mort s'approche de lui et qu'elle a pris le visage clair de son frère aîné !

Et puis, tout à coup, la mère craque. Elle gémit :

— Mon Nanot, mon fils !

Le manteau de dignité qu'elle s'est drapé sur le corps tombe ; elle s'affaisse dans ses plis, agenouillée sur le sentier. L'ayant rejointe, Fanfan, jeté contre elle, mêle ses larmes au siennes.

Le ciel est bleu et Fanfan le voit noir.

La mère n'a pas voulu partager son chagrin avec le père ou même Yvonne. C'est à ce tout petit garçon, Fanfan, son second fils, le seul gars qui lui reste à présent, qu'elle a donné le fardeau du partage.

Après cela, le visage de Marie Planchet s'est ridé d'un coup ; son corps est devenu sec et maigre, tari de toute sève. Elle est devenue vieille.

Sur son banc, Fanfan frissonna. *Maintenant ces terres sont à toi, mon petit, et toute la Roussière.* Ce qui s'était passé un matin de deuil le liait-il à jamais au Replat ? Il attendit encore un peu que les ombres le laissent en paix, et il rentra à la maison à pas de loup pour se coucher.

XI

C'était une saison radieuse, qui donnait toute sa mesure dans la vallée. Le jour le plus agréable était bien sûr le dimanche. Toni Marrion allait à la pêche ou bien se balader au bord du Rhône, et Pascal se disait qu'il aurait pu l'accompagner. Au lieu de cela, le samedi, il devait repartir. C'était dur pour l'enfant de remonter à la Roussière, et, dans l'autocar étouffant, il remuait ses regrets. L'été, là-haut, lui paraîtrait interminable. Puis il pensait à sa mère et il se sentait écartelé. Dans sa tête, il arrangeait des solutions à leur problème. Yvonne s'installait chez Toni, et puis quoi, elle l'épousait ! Mais ce n'était pas aussi simple que dans son imagination d'enfant et Pascal le savait parfaitement.

Les jours avaient beau allonger, le soir après les cours il n'avait guère le temps de vagabonder au bord du fleuve. Il s'asseyait un moment au bout du ponton, où les barques étaient retenues par leur chaîne. Celle de Toni avait une bande verte sur les flancs. Toni ne voulait pas que Pascal l'utilisât sur le Grand Rhône, il n'était pas assez entraîné pour l'affronter en son milieu. L'enfant en avait parfaitement conscience et les lônes somnolentes lui suffisaient pour l'instant.

Dès qu'il le pouvait, le mercredi, après une heure à la piscine où il s'entraînait à nager et à plonger, il allait ramer dans un des bras morts du fleuve. Au fond de la barque, il y avait *l'agotiau*, l'écope, et le croc, l'arpic, longue perche avec une pointe, qui servait à manœuvrer quand on s'envasait.

Pascal connaissait les pêcheurs, les habitués du coin, à présent. Il les regardait préparer leurs lignes les veilles de pêche. On les appelait des cannelles. Le père de son père, qui était aussi le père de Toni, était passionné par la pêche aux anguilles, qu'il pratiquait à la tombée de la nuit, l'oncle lui avait raconté. Et Pascal était avide de tout connaître sur le passé de ceux qui l'avaient précédé, dans la famille Marrion.

C'était de nouveau mercredi et, chance, il faisait beau ! La chaleur était arrivée d'un coup et, quand Pascal approcha du fleuve, il se débarrassa de ses chaussures et de son tricot de coton. Il était seul et goûtait son isolement. Quelques nuages frisés dérivaient dans le ciel qui ne se reflétait pas dans l'eau d'un vert léger. Pascal pataugea dans la vase, imprima ses pas dans le sable mouillé. Juste habillé de son short en nylon rouge, il offrait son jeune corps à l'ardeur nouvelle du soleil. Il ramassa des branches brisées, les effeuilla dans l'idée de les rapporter à l'atelier et de les écorcer, d'en tirer peut-être quelque chose, ne fût-ce qu'un sifflet. En fait il jouait, car, par bien des côtés, il était encore un enfant.

Mais, au bout d'un moment, Pascal se lassa et se dirigea vers les lônes et le ponton. Installé dans la barque oscillante, ne touchant plus aux avirons, Pascal rêvait. Il écouta le coassement des grenouilles, puis il plia son maillot de coton et le plaça derrière sa nuque. A moitié allongé, il eut un soupir de bien-être. Il n'était à l'aise que sur le fleuve ou ses rives. Un jour sa mère comprendrait, il le fallait.

Le garçon pensait à la Roussière avec un détachement curieux. C'était pourtant là qu'il était né et qu'il avait grandi. Mais tout s'estompait devant la réalité d'un présent qu'il appréciait. Son grand-père Planchet, sa grand-mère Marie, la gentille Géline et même son oncle Fanfan, avec lequel il s'entendait bien, s'éloignaient à pas discrets.

Son cœur de quinze ans battait fort, à en faire éclater sa poitrine. Il respirait l'odeur de l'eau. Un vertige le prenait dans sa spirale. Le fleuve versait vers la mer, la terre penchait pour qu'il coule plus vite, et les berges se gommaient à travers la légère brume qui montait de la végétation surchauffée.

Les récits de Toni emplissaient son imagination et la décuplaient. Un cousin de leur aïeul Marrion avait dirigé l'embarcation de tête d'un convoi de batellerie. C'était l'usage chez les mariniers d'autrefois de réaliser une *croix d'équipage*. Placée à la poupe du bateau, elle était destinée à assurer la protection du convoi. Pascal se représentait les marchandises hissées à bord au terme de la descente et le long périple pour le retour, « la remonte », avec les chevaux piétinant dans les chemins de halage, tirant à contre-courant les embarcations lourdement chargées.

Le mercredi suivant, Pascal s'écarta du fleuve afin de mieux le découvrir, sous un autre angle. Il grimpa à flanc de coteau et admira le paysage qui s'offrait à lui. De l'endroit où il se tenait, le garçon voyait l'ample boucle que décrivait le Rhône, avec ses bras enserrant quelques îles verdoyantes. Il distinguait même le village voisin, avec son église et son presbytère, ses hameaux nichés sur la pente abrupte qui s'avançait comme une proue dans le ciel au-dessus de la faille creusée par le Rhône depuis des millénaires. Il repérait les vignes, les vergers dont plusieurs lui appartenaient, à lui, Pascal Marrion, avec quelques terres à ensemencer.

Il redescendit par les raccourcis, « les raidillons », et il alla tenir compagnie un moment à son oncle, mais, déjà, invinciblement, il se sentait appelé par le fleuve et il repartait ; il s'asseyait au milieu des pêcheurs, il les écoutait discuter de gardons, de brèmes et d'aloses, de perches et de brochets dont la taille atteignait celle d'un requin lorsqu'ils mimaient leur capture. Ça le passionnait.

Le passé ne le concernait pas, quand celui-ci était triste. Il ne voulait pas entendre parler d'inondations, de deuils. Les hommes avaient apprivoisé le fleuve et le fleuve était devenu leur allié.

Le soir tombait quand l'enfant rentra, le regard plein de rêve.

XII

Le bruit d'un petit moteur asthmatique troubla à peine le silence. Les collines se taisaient sous l'écrasante chaleur. Tout juste, de temps en temps, un grillon jetait-il un *cri-cri,* comme une plainte aigre, vite étouffée par la moiteur de l'air.

Aucun chant d'oiseau. Les hirondelles n'avaient pas tourné au ras du sol en trissant depuis des semaines. La sueur collait les cheveux de Fanfan, plaquait sa chemise à son torse. Il s'arrêta pour l'arracher et la noua à sa taille par les manches. Il repartit et elle flotta sur son dos comme un ballon. Il traversait de mouvantes ondulations de blé qui serait moissonné sous peu, criblé par les flammèches rouges des coquelicots, mais il ne voyait rien de ce qui l'entourait. Il pensait à Arielle.

Arielle qui partait.

A présent, ils étaient tous les deux dans le jardin des Brosses, et c'était pour la dernière fois. La petite Laura dormait dans un hamac. Elle ne toussait presque plus. Fanfan regarda son amie. La bretelle de son tee-shirt avait glissé, dévoilant une mince ligne blanche sur son épaule bronzée.

— Je ne peux pas me résigner à ton départ ! avoua-t-il.

— Alors, viens à Lyon, François. Comme ça, nous nous verrons tous les jours. Tu y trouveras bien du travail, je t'aiderai, s'il le faut.

— Aller en ville… dit Fanfan, songeur.

Il pensa à la mère, avec laquelle il ne s'entendait plus du tout. Le matin, elle avait voulu relancer le débat sur le même sujet brûlant : sa fréquentation ! La mère avait dit : « En frayant avec cette femme, tu cours à ta perte ! »

Il s'était retenu pour ne pas lui répondre grossièrement. Lui, Fanfan, un brave garçon, avait envie d'injurier sa mère ! C'était comme si un démon s'était emparé de son être depuis quelque temps. Quand on le contrariait, il avait l'impression de devenir une bête sauvage, avec des réactions imprévisibles. Des griffes lui poussaient avec lesquelles il aurait bien pu déchirer ceux qui se mettaient en travers de sa route et de ses projets.

— La ville, dit-il encore. Tu crois que je pourrais m'y faire ?

— Et pourquoi pas ?

Elle caressait sa joue, tendre à présent, apaisée après avoir brûlé dans ses bras. Il l'enlaça. Lui n'était jamais rassasié. Un léger parfum de citronnelle montait de son corps rafraîchi par la douche, mais il en percevait aussi l'odeur intime, comme celle, troublante, de la terre au printemps. « Tu cours à ta perte ! » Serait-ce se perdre que de quitter le Replat, la Roussière, que de tirer un trait sur des projets utopiques, désapprouvés d'ailleurs par la mère ?

Partir… Il n'y aurait plus de discussions épuisantes, de disputes mesquines, de rêves étouffés remplacés par l'exaspération. Que la mère aille au diable ou plutôt qu'elle y reste, avec sa dureté, son intransigeance dans tous les domaines ! Qu'elle se garde la Roussière dans l'état où celle-ci se trouvait déjà cent ans plus tôt ! Un jour, elle se retrouverait seule, la mère, car Pascal ne resterait pas là-haut, prisonnier des collines quand il était un fils du fleuve et que son sang le proclamait. Et Yvonne suivrait son enfant.

Fanfan se représenta complaisamment une voiture récente lui appartenant, des vêtements à la mode qu'il choisirait, conseillé par Arielle. Le dimanche, il y aurait le cinéma et le restaurant, et, au milieu de l'année, cinq semaines de congés payés et des voyages avec elle.

A la Roussière, on n'arrêtait jamais.

Arielle divorcerait. Rien n'avait été dit, mais c'était comme un accord tacite entre eux, il en était persuadé. A la ville, policé par sa bien-aimée, il deviendrait vite un autre homme, avec de l'aisance, de l'assurance. Et de l'argent. Yvonne était bien bête de s'ancrer depuis quinze ans dans ces terres hautes, rocailleuses, et surtout ingrates.

— Alors, François ?

— Après les vendanges, je te rejoindrai, Arielle. Le plus gros des travaux sera fait à la Roussière. Mais, maintenant, embrasse-moi. Tu vas tellement me manquer après ton départ…

XIII

Une année avait passé.

Une fois de plus, une fois de trop, se disait Yvonne, elle se laissait emporter vers la vallée par l'autocar brinquebalant. Le véhicule pris dans les nombreux lacets de la route roulait lentement, trop lentement au gré de la femme du Replat. Sur les pentes, les genêts défleuris se desséchaient. L'été serait chaud.

Ce n'était pas le premier autocar du matin, comme les autres fois ; c'était celui de la deuxième heure. La colère et l'angoisse se partageaient le cœur affolé d'Yvonne. Elle avait très chaud. Elle se rappelait avec la même surprise indignée quand Marie Planchet lui avait annoncé, après le petit déjeuner, l'air indifférent :

— Ton fils est parti de bonne heure pour « en bas ». Il m'a laissé une commission pour toi : surtout, tu ne dois pas t'inquiéter, il t'expliquera tout samedi prochain !

Yvonne avait considéré la mère avec ressentiment.

— Et tu l'as laissé partir tout bonnement, un dimanche, comme ça, sans m'appeler, sans essayer, toi, de le retenir ?

— Tu étais occupée avec les bêtes ; il était pressé.

— Justement !

— Depuis les dernières vacances, tu es trop dure avec lui, avait grommelé la mère. Oui, Yvonne, tu serres trop la vis à cet enfant qui ne t'a donné que des satisfactions, à part ce que tu sais, et qui est normal, vu que Pascal est par moitié un fils du fleuve.

La mère Planchet tenait le même langage que Toni. Furieuse, Yvonne avait riposté :

— C'est trop fort ! C'est toi qui me dis cela, toi qui as été si sévère avec Fanfan, à tel point qu'il a filé d'ici !

— J'étais sévère avec lui parce qu'il était en train de ruiner sa vie pour une femme qui se moquait bien de lui et de ce qu'il endurerait après. J'espère encore qu'il se ressaisira et donnera de ses nouvelles. J'espère qu'il reviendra, avant qu'il ne soit trop tard. Mais Pascal… c'est différent !

Yvonne n'en avait pas écouté davantage. Elle s'était précipitée dans sa chambre et, à cause de la chaleur, avait revêtu une jupe de coton. Elle s'était sentie tout à coup allégée, regardant à ses pieds les amples jupons qu'elle portait pour aller aux champs et garder ses ouailles, ses habits toujours imprégnés d'une odeur de suint.

Par-dessus la jupe, elle avait enfilé un chemisier d'un rose très pâle, le seul qu'elle eût de convenable, et sans manches. Elle se sentait aussi apprêtée qu'à l'époque où, jeune fille, elle se rendait à la fête des moissons, au bal du 14 Juillet ou aux réjouissances de la Saint-Jean d'été.

Marie Planchet l'avait retenue sur le pas de la porte.

— Tu as tort de courir après cet enfant. Mais je ne peux pas t'en empêcher, pas plus que je n'ai pu empêcher ton frère de s'en aller. Pendant que l'autocar te conduira vers la vallée, réfléchis un peu, Yvonne, à notre sort à tous, ici. Il n'y a pas de place pour ton fils à la Roussière.

— Fanfan est parti.

— Il reviendra. Le contraire n'est pas possible. Tu ne veux pas faire de ton gars un ouvrier agricole, non ? Un enfant qui a des terres à lui, en bas ! La Roussière est pour Fanfan, même s'il ne la mérite pas, nous en avons convenu à la mort du pauvre Nanot. Tu savais tout cela quand tu as permis à Pascal d'aller dans ce collège. Alors pourquoi cette fureur, maintenant ?

— Parce que j'ai peur du fleuve, mère.

— Si Pascal est le fils de ce fleuve, il agira selon son instinct profond. Tu n'y pourras rien.

L'autocar en croisa un autre qui regagnait les hauteurs, poussif, empanaché d'un nuage de fumée. Vingt ans plus tôt, on était allé dans la lune et, aux portes de l'an 2000, le Replat restait aussi fermé qu'au Moyen- Age. Yvonne réfléchissait. Sa mère avait failli lui dire : « Ma fille, tu es en trop à la Roussière. Ta vie était tracée dans la vallée. Nous t'avons accueillie dans ton désarroi, mais nous pensions que tu te ressaisirais, et toi tu es restée chez nous avec ton petit, et vos deux bouches ont mordu sur notre part de pain déjà chiche ! »

Oui, la mère avait pensé tout cela, Yvonne l'avait lu dans son regard sévère.

« Mais je m'occupe du troupeau, se révolta tout bas la femme. Et je m'active à la Roussière autant que je peux, je n'arrête pas, une fois mes bêtes rentrées ! »

Elle soupira, pour ne plus penser qu'à Pascal, ce qui n'améliora pas son humeur. Ce gamin grimpait jour après jour sur l'escalier de l'adolescence, celui d'une certaine maturité. Arrivé à la dernière marche, il serait un homme. Il poserait le pied sur le chemin de sa vie. Elle, sa mère, que deviendrait-elle, alors ?

Yvonne se rappelait ce samedi de l'année dernière, au lendemain du jour où elle avait découvert que Pascal faisait partie des jouteurs cadets. Lorsqu'il l'avait saluée, timidement, Yvonne très froide avait attaqué :

— Dis, toi ! Tu n'as pas quinze ans ! Est-ce que tu crois être un homme déjà, pour te passer de mon avis ? Est-ce que ton oncle t'a parlé ?

Le gamin, tout blanc, mais ne détournant pas les yeux, avait hoché la tête.

— Oui, mon oncle Toni m'a parlé.

— C'est fini, tout ça, alors ?

— C'est fini, maman.

Et voilà qu'il lui avait menti. Et cet autre, ce Toni qui lui avait juré d'écarter l'enfant du fleuve, s'était fait son complice ! Ah ! comme elle détestait son beau-frère en ce moment ! *Lui qui vivait.* Et combien elle haïssait aussi ce grand fleuve voleur de mari, voleur de fils.

— Et voici la ville ! s'écria le chauffeur, tout rouge sous sa casquette.

Yvonne descendit derrière les quelques passagers. Elle traversa la place aux acacias. Il y avait des guirlandes de papier tendues entre les arbres.

La fête avait pris possession de la bourgade près du fleuve.

Et la fête, dans la vallée, fief du Grand Rhône, ne se concevait pas sans joutes.

Nando, en juillet, ce juillet de leur unique année d'amour, avec Toni son jumeau, avait enlevé presque toutes les passes. Et leurs points additionnés avaient fait pencher la balance du côté de leur Société, laquelle avait obtenu la victoire.

Les jouteurs étaient de véritables chevaliers. Les chevaliers du *tabagnon*. La barque remplaçait le cheval. Certains préféraient les tournois dits « en force », organisés par des clubs concurrents pour tester leur valeur. Mais les plus appréciés étaient les tournois dits « en belle passe », les plus beaux, les plus nobles, où tout comptait, et l'élégance du geste et la présentation.

Du point de vue de l'esthétique, de la passe et du jouteur, Nando en remontrait à tous. Sur le *tabagnon*, il était beau, Nando, tout de blanc vêtu. Ses boucles brunes captaient les éclats de soleil. Il attendait, fier et sûr de lui, l'approche du bateau rival. Ce n'était pas le combat de l'homme avec le fleuve. C'étaient deux hommes qui mesuraient leur force, leur adresse et leur talent. Le fleuve était ami, complice.

Yvonne traversa la grand-route et, là encore, des guirlandes colorées frissonnaient dans le matin, jetées d'un poteau télégraphique à un autre. Les gens qu'elle rencontrait étaient endimanchés. Joyeux. Le haut clocher de la ville chantait l'allégresse de cette matinée d'été.

Des enfants bronzés, un garçon et une fille, distribuaient des cocardes. Ils arrêtèrent la femme à l'entrée de l'ancien chemin de halage. La fillette portait le coussin où étaient plantées les petites fleurs de papier tremblotant au bout de leur épingle ; le garçonnet serrait contre lui la boîte à sous en aluminium, fendue sur son couvercle comme une tirelire.

La gamine regarda la femme et, avec un sourire plein de dents de lait, observa :

— Madame, vous n'avez pas votre cocarde !

— Je n'en veux pas.

Éberlués, un peu chagrins, les gosses la regardèrent s'éloigner par le chemin étroit conduisant au fleuve. Le petit garçon se toucha le front.

— Elle est folle, cette femme, décida-t-il d'un ton pénétré. Dis, Chantal, t'as vu un peu sa dégaine, et son habillement de mémé ?

La fillette eut un rire, dont les éclats pointus atteignirent la femme, comme une volée d'aiguilles.

Bientôt Yvonne entendit la musique.

Puis le roulement du tambour annonçant une nouvelle passe.

Sa vue se brouilla, mais elle avança plus vite. Sous les peupliers de la berge, il y avait quelques groupes formés par les parents des cadets, qui disputaient le matin leurs tournois, et par leurs « supporters », gamins d'une douzaine d'années brûlant de l'envie d'égaler bientôt leurs aînés et de se trouver à leur place sur le *tabagnon*, la lance de bois sur le « bourron », ce sac empli de chiffons où la longue tige prend appui.

L'anse était tendrement bleue sous le ciel et les arbres fusaient, des peupliers pour la plupart, sveltes, élégants, bruissant de tout leur feuillage. Yvonne s'approcha et s'arrêta, droite parmi ces gens assis.

Les bateaux motorisés — le rouge et le bleu — viraient, chacun de leur côté. Entre eux, une barque de sauvetage, équipée encore d'une paire d'avirons, se balançait doucement sur l'eau. Le rameur attendait.

A présent, Yvonne voyait tout, parfaitement.

Une voix d'homme dans un haut-parleur cria les noms des cadets prêts à se mesurer pour les passes suivantes. Elle n'en retint qu'un seul : *Pascal Marrion.*

Et elle l'aperçut. Ce fils blond comme elle, ce fils que lui avait donné Nando, son amour.

Souple comme son père l'était, il se tenait étampé[1] sur le *tabagnon* du bateau bleu. Entre ses mains, la lance était bien d'aplomb. Il attendait, calme, vêtu du fameux pantalon blanc coupé à hauteur des genoux et du maillot

1. *Se dit d'un jouteur, debout, jambes écartées, sur le tabagnon du bateau de joute*

immaculé marqué du nom de la ville et du club. Yvonne reconnut sur lui les chaussettes bariolées qu'elle avait découvertes avec le reste, l'année d'avant.

Sur la poitrine de l'enfant qui s'étoffait déjà, le plastron de la même couleur bleu vif que le bateau ne semblait pas peser.

Le roulement du tambour déferla sur la berge. Yvonne ferma les yeux.

Incapable de bouger, elle resta sur place le temps de deux passes, gardant obstinément les yeux clos. Elle les rouvrit en entendant des voix près d'elle qui commentaient :

— Le neveu à Marrion a gagné les deux premières passes. Il promet, celui-là !

Brusquement, alors qu'elle n'en avait nullement l'intention, Yvonne décida de regarder la dernière passe.

Elle subit, encore stoïque, le brouhaha des conversations, les joyeuses envolées d'encouragement lancées aux jeunes jouteurs. Le cadet du bateau rouge, un garçon de la ville voisine, était trempé. Ses cheveux mouillés étaient plaqués à son visage. Et Pascal, son fils, tout brillant de soleil, attendait, serein.

Le tambour résonna. Les lances, une fois encore, se pointèrent vers les plastrons.

Yvonne détourna la tête. Avant, quand Nando gagnait, elle était la première à applaudir, oh, pas à la façon exubérante des gens de la vallée, mais avec un enthousiasme dont elle ne se serait pas crue capable.

La musique se tut. Les murmures cessèrent. Même le vent sembla suspendre un instant son souffle dans les feuillages.

Tentée de regarder, furieusement elle mit ses mains sur son visage. Le silence subit lui parut effrayant. Enfin les bravos crépitèrent. Et aussi les exclamations.

— Il a encore gagné !

— Il a tout pour lui.

— C'est un vrai Marrion, ce môme-là !

— Bon sang ne saurait mentir.

Lentement, Yvonne écarta les mains. Le garçon du bateau rouge barbotait ; son plastron flottait devant lui. Sa lance glissait dans un frisson d'eau.

Le rameur, dans la barque de sauvetage, récupéra d'abord la lance qui était tout près. Puis le jeune jouteur. L'autre, debout sur son piédestal, souriait à ses admirateurs, à la foule, et son visage exprimait une juvénile fierté.

Ses cheveux emprisonnaient la lumière du soleil.

C'était Pascal Marrion. Son fils.

Yvonne se détourna et buta contre Toni Marrion.

— Tu étais là, traître, gronda la femme — mais tout bas, à cause des gens qui les regardaient.

— Yvonne, je…

— Viens ! ordonna-t-elle.

Toni hocha la tête. Il était pâle. Lui aussi était vêtu de blanc. Dans l'après-midi, il jouterait. Il gagnerait sûrement. Encore quelques années et il laisserait la place aux autres. Aux plus jeunes. A Pascal qui assurerait la relève de la famille Marrion.

Yvonne retint un rire dément. Elle était prise d'une terrible envie de frapper à la face cet homme consterné et piteux qui la considérait.

— Viens ! répéta Yvonne.

— Bon, allons-y, dit Toni, résigné à la suivre jusqu'en enfer, si elle le voulait.

Ils marchèrent sous les arbres, s'éloignant de la rive. Quand ils se trouvèrent loin des gens, hors d'atteinte de la musique, quand le fleuve ne fut plus visible et que les herbes hautes d'une friche les frôlèrent, elle s'arrêta.

Des arbres aux ramures serrées cachaient le soleil.

Ils se regardèrent, livides l'un et l'autre. Puis la femme leva la main et frappa l'homme au visage, rudement.

Toni ne bougea pas. Il dit simplement :

— Cette gifle, je crois que je la mérite. Mais tu dois savoir ceci : je n'ai pas su résister à l'enfant ! Il persuaderait n'importe qui de lui donner raison en tout... n'importe qui, sauf toi, bien sûr !

— Parjure ! cria Yvonne, encore.

Et elle recula dans les broussailles.

Toni secoua la tête, navré.

— Si tu voulais, oh, si tu voulais un peu, rien qu'un petit peu, comprendre cet enfant que tu blesses et qui souffre parce qu'il t'aime, mais qu'il m'aime aussi, qui se sent tiraillé, écartelé... si tu voulais, Yvonne, comprendre que...

— Tais-toi !

— Je me suis tu si longtemps.

Elle haussa les épaules et s'enfuit brusquement. Toni cria :

— Ne sois pas trop dure avec Pascal, je t'en prie, Yvonne, si tu ne veux pas qu'il t'échappe !

Il parlait comme la mère Planchet des collines… Yvonne se retourna pour lui lancer quelque injure. Toni la suivit, faisant craquer les broussailles sous ses pas.

Entre les feuilles des grands arbres, pénétrèrent d'obliques rayons dorés.

— Avec moi, sois dure, oui. Mais, avec cet enfant au cœur tendre, arme-toi d'indulgence. C'est ton fils !

— Justement.

— Yvonne…

— Que crois-tu donc représenter pour moi, Toni Marrion, toi qui te permets de me jeter des conseils au visage ?

Rageuse, elle fit un pas en arrière, accrochant sa jupe aux ronces. Mais Toni était tout près d'elle, à présent. Et il la regardait comme le premier jour, dans les collines roussies par l'automne, sur le Replat où le vent faisait onduler l'herbe haute. Quand les jumeaux Marrion n'étaient qu'un seul regard, qu'un seul désir, qu'un seul amour.

Toni tendit les bras et l'attira à lui, il chercha de la bouche cette autre bouche qui ne savait crier pour lui que des mots injurieux et blessants.

Il prit le baiser par la force et reçut sa seconde gifle, retentissante.

— Tape, oui, tape sur mon visage, piétine mon cœur, dit-il, la voix vibrante. Frappe ! Ça ne m'empêchera pas de me souvenir de ce matin-là, en mars, sous les pruniers de la vorgine…

Yvonne se troubla, et devint cramoisie.

Lui, il était pâle, blanc comme son habit de sauveteur. Dans ses cheveux qui par contraste semblaient plus noirs, quelques fils gris tissaient la trame du temps écoulé.

Avec des yeux élargis, il regardait la bouche de la femme, la bouche gonflée du baiser imposé.

Yvonne fit volte-face et courut sous les arbres.

Il resta seul, tremblant, dans les broussailles.

La musique, jouée à la gloire du fleuve et de ses fils, montait derrière le rideau de peupliers, accompagnant le murmure doux de l'été que promenait le Rhône.

XIV

Ce même dimanche où Yvonne, dans la vallée, querellait mauvaisement Toni à propos de son fils, Fanfan, lui, s'ennuyait dans sa chambre, à Lyon.

Il était vautré sur le lit, la tête sur le traversin grisâtre. Dix mois, bientôt, qu'il avait quitté la Roussière. C'était laid, ici, et, pendant l'hiver, il faisait froid malgré les radiateurs. Fanfan rêvait souvent de la grande flambée qui vous donnait chaud pas seulement au corps, mais au cœur, avec les flammes hautes qui dansaient dans la cheminée en pierre de la salle à manger.

Celle, plus étroite, de sa chambre, au-dessus, on l'allumait au plus fort de l'hiver, pour assainir un peu. Il rêvait même du vieux fourneau de la cuisine qui craquait et ronflotait toute l'année, et laissait voir le feu par une lucarne de mica.

C'était l'été, le soleil cognait, et lui, glacé en dedans, il imaginait des flambées !

« Le père, qu'est-ce qu'il peut faire en ce moment, ou plutôt à quoi il pense, puisqu'il ne peut plus agir seul ? »

Personne, à la Roussière, ne savait où Fanfan se trouvait. Sa rancune, mais aussi son remords lui interdisait de se manifester. Après tout, ils étaient débarrassés de lui.

Fanfan aurait aimé parler de la Roussière à Arielle. Lui parler de la mère qui, à soixante-cinq ans, abattait l'ouvrage d'un homme par nécessité. Du père, infirme quasiment, affligé d'une saleté de maladie évolutive, qui le laisserait un jour ou l'autre tout à fait impotent. Mais ça n'intéressait pas Arielle.

Depuis quelque temps, elle espaçait leurs rencontres, même le dimanche, qui était *leur* jour. Fanfan se sentit malade de solitude, dans ce petit appartement. Une affreuse tristesse lui engluait l'âme. Il finit par se lever et, avec des gestes lents — une crampe grignotait son bras gauche sur lequel il avait pris appui —, il enleva ses vêtements de tous les jours, enfila un pantalon de toile et son meilleur tee-shirt, le blanc avec des petits triangles verts qui ressemblaient à des sapins. Il mit aussi des chaussures neuves, achetées sur sa paie du moins précédent. Il avait décidé de faire un tour au parc, pour s'aérer, et puis parce que le parc se trouvait à cinq minutes des immeubles résidentiels, là où vivait Arielle.

C'était chic, le quartier d'Arielle. De ses fenêtres, elle lui avait dit qu'on voyait les frondaisons du parc. Aussi incroyable que cela pût paraître, elle n'avait jamais invité Fanfan chez elle.

Le soleil tapait fort. Des familles entières se ruaient vers les pelouses si vertes, la roseraie, le zoo. Fanfan bataillait pour introduire sa deux-chevaux entre deux véhicules. Dieu merci, le dimanche le parcmètre devenait inoffensif. Mais quelle sale invention ! On n'en soupçonnait pas l'existence à la Roussière.

Fanfan traîna dans les allées. Il y avait des amoureux partout et ça lui donnait envie de protester : Arielle aurait dû être avec lui ! Il regarda un moment les eaux vertes du lac. Deux garçons de quinze ou seize ans faisaient de la barque. L'un d'eux ressemblait un peu à son neveu Pascal. Il haussa les épaules et quitta le parc. Le soleil lui brûlait le visage. Il leva la tête vers le ciel d'un bleu dur, qui s'insinuait entre les toitures des immeubles. Était-ce le même qui s'étalait, infini, sur les collines ? Des gens le bousculaient. Comme ils marchaient vite, ces Lyonnais, *vite, toujours plus vite*, ça semblait être la devise des citadins. Fanfan avait déjà remarqué ça quand il accomplissait son service militaire.

Lui n'avait pas pu prendre le rythme. Il ne savait pas marcher autrement que le nez en l'air, interrogeant le ciel par habitude ou atavisme, ou au contraire le regard rivé à ses pieds ; à la terre. Habitué au grand large des prairies et des champs, Fanfan prenait naturellement le milieu des trottoirs ; le garçon aurait pris celui de la rue s'il n'y avait pas eu toutes ces voitures prêtes à vous passer sur le corps sans s'inquiéter de vous.

Fanfan reconnut l'immeuble où habitait Arielle, une belle construction de standing. C'était bien différent des logements sociaux agglutinés dans les banlieues. Fanfan était venu rôder là un soir sans qu'Arielle le sût, sans qu'il osât monter et sonner à sa porte. Et, quand il s'était décidé, le jeune homme s'était heurté à un barrage, un système électronique d'ouverture des portes, avec un interphone pour que les visiteurs s'annoncent ; et il était reparti, accablé. C'était au début de décembre, à la fin de l'année dernière, le huit, précisément, date précieuse pour les Lyonnais : celle des Illuminations.

La cité des deux fleuves était en liesse, elle était habillée de féerie et toutes ses lumières annulaient la nuit. Sur le moindre rebord de fenêtre, on avait placé des lampions, petites bougies plates dans des verres, colorés ou non, allumées en souvenir du vœu fait à la Vierge Marie en 1843 par les échevins de la cité pour la remercier d'avoir mis fin au fléau de la peste. Mais, aujourd'hui, on ajoutait aux bougies modestes des kilomètres de guirlandes électriques. Malgré la crise de l'énergie, les Illuminations de Lyon gardaient leur faste. Le vent léger faisait trembloter les flammes dans les verres. A la Roussière, on ne tenait pas compte de cette coutume qui pourtant s'était étendue assez loin.

Fanfan revint au présent et compta les fenêtres. De toute façon, Arielle ne souhaitait pas le voir ce dimanche, alors pourquoi se désoler rien qu'à l'idée qu'il ne pourrait pas pénétrer dans l'immeuble !

Le garçon haussa les épaules, retourna sur ses pas, se laissa entraîner par la foule, plus loin, dans une rue où les voitures ne passaient pas, rue piétonne ou rue piétonnière, on les appelait ainsi. Les promeneurs, touristes et Lyonnais, y coulaient comme un ruisseau hérissé de têtes. Une voiture meubla dans l'avenue voisine : des jeunes, qui s'amusaient avec un drôle de klaxon. Jeune... Il l'était, lui aussi, mais il n'avait pas envie de jouer ou de rire, de se réjouir. C'était curieux, mais le bruit de ce klaxon lui rappelait le meuglement de Blanchette. Il colla son visage brûlant à la devanture d'une pâtisserie confiserie. Il regarda sans envie les pâtes d'amandes et les nombreux gâteaux, les friandises imitant les galets du Rhône et les noix.

Les noix... Le Dauphiné et le Diois ont les plus belles noyeraies, mais, à la Roussière, on trouvait des noyers. Quand on ramassait leurs fruits éparpillés dans l'herbe, on avait sur les mains une fine pellicule, comme une paire de gants roux tant l'écorce des coques vous déteignait sur la peau.

Fanfan passa à la vitrine suivante, celle d'une boutique de jouets de luxe. Il ne possédait pas de jouets quand il était petit. Le jeu, c'est surtout affaire d'imagination, disait la mère, et même Yvonne. Un bout de bois, des cailloux lui suffisaient pour devenir le support de ses créations ludiques. Et il y avait les glands dont il faisait — et plus tard Pascalou l'imitait — de petits bonshommes chapeautés, avec des jambes et des bras fabriqués à base d'allumettes.

Ma foi, que demander de plus ? Des compagnons de jeu, des compagnons de rêve, en somme il avait tout cela, et Géline. Elle venait souvent à la Roussière. Fanfan craignait Zélie, mais pas du tout sa petite-fille, ce n'était qu'une petite gamine toute douce et gentille et encore plus versée dans le rêve et l'imaginaire qu'il ne l'était. Elle fuyait les gens, les autres enfants, et le garçon se figurait qu'il avait su l'apprivoiser tout seul sans le secours de la Marie Planchet qui traitait Géline avec une curieuse douceur, elle qui n'était pas tendre.

Pour Géline, Fanfan choisissait les plus grosses « poupées » de maïs. Assise près de lui sur le banc, dans la cour, armée d'un peigne de poche édenté, d'un petit ciseau et de bouts de laine, elle les coiffait inlassablement. Elle leur inventait des chignons compliqués, des nattes, des queues de cheval. Et Fanfan ce soir-là revoyait les gros épis barbus devenus des poupées, en regardant les autres, plus vraies que les bébés, qui faisaient pipi, disaient papa maman, chantaient *Au clair de la lune*, pleuraient et avançaient, trois pas, un, deux, trois, et on s'arrête et on repart.

Fanfan explora son portefeuille. Il avait envie d'offrir une de ces merveilles à la petite Laura. La date de son anniversaire approchait. Comme cela, il aurait un prétexte pour rencontrer Arielle entre deux rendez-vous décidés par la jeune femme. Mais, en faisant ses comptes, il renonça à cet achat. La moindre poupée, même inerte, représentait une somme pour lui. Il avait payé son loyer, réglé sa note de la semaine au restaurant du coin dont la cuisine était prétendument familiale. Il lui restait si peu... Arielle, pourtant, lui avait dit qu'en ville on devient prospère. Et Fanfan songeait, amer, à tout ce qu'elle lui avait raconté. Mais, bien sûr, Arielle ne pouvait pas prévoir que la crise économique, amorcée à son départ, se durcirait d'un seul coup, se dit-il pour l'excuser. Son regard restait accroché aux jouets. Alors il avisa une panoplie couverte d'armes. Pistolets, mitraillettes, ça semblait vrai.

Il recula, en tremblant. Le souvenir revenait le frapper en plein cœur. Il haïssait les jouets copiant les armes des grands, qui donnent la mort. Peut-être qu'elle avait raison, la mère, de lui défendre certains jeux, par la suite. Les psychiatres disaient pourtant — assurait l'instituteur — qu'un enfant doit se défouler d'une façon ou d'une autre pour évacuer la violence qu'il porte en lui, innée. Et s'ils se trompaient ? Pascal, lui, ne transformait jamais un vulgaire bout de bois en fusil. Avec son canif, il enlevait l'écorce, il fabriquait des sifflets, des pipeaux.

A l'armée, il lui avait bien fallu apprendre le maniement des armes. Ça l'écœurait, mais il ne le montrait pas, il faisait ce qu'on lui ordonnait de faire, indifférent en apparence. Ne plus penser à ce service militaire. Ce mauvais souvenir. Ces mois loin de la Roussière à s'inquiéter pour la mère et Yvonne qui, vivant ensemble, ne communiquaient guère.

La mère qui se débrouillait seule aujourd'hui.

Elle devait déplorer d'avoir encouragé Pascal, son unique petit-fils, à descendre dans la vallée.

Fanfan imagina l'été pesant sur la Roussière, avec le grand soleil qui soulignait les contours de la Cavale. Il ne retournerait jamais sur le Replat. Le père mourrait peut-être, la mère lutterait jusqu'à en crever, c'était dans sa nature.

Avec ou sans Pascal, elle ferait front, elle tiendrait tête, comme elle l'avait fait tant de fois, rien qu'armée de son orgueil. Un orgueil qu'elle devait pourtant remiser de temps à autre, pour prier les gens du village, quelques-uns de sa parenté éloignée, de lui prêter leurs bras, de lui donner un peu de leur temps, remerciant d'un demi-cochon, d'un couple de volailles, d'un chevreau. Mais les gens du Replat, amis ou parents, se lasseraient, car ils avaient tant à faire eux-mêmes, et la mère finirait par tout laisser à l'abandon. La Roussière en friche mourrait.

Ça ne se ferait pas d'un coup, il y aurait une période intermédiaire où la mère se battrait. Fanfan n'avait aucun mal à imaginer Marie Planchet, qui tenterait de le remplacer, lui, un homme jeune, passant la herse aux grands ongles courbés sur les champs de la combe, trimant derrière le cheval. Retournant le jardin à la bêche. Repiquant les betteraves, les binant, en serrant les dents ; râtelant les prairies fauchées — mais par qui ? — jusqu'à épuisement ; refendant le bois sur le billot où on décapitait les volailles, entassant les bûches sous l'auvent, laissant à Yvonne les besognes qu'exécutent les femmes du Replat, les occupations habituelles requises par le quotidien, la basse-cour, les vaches, le cochon en plus du troupeau d'ovins et les soins à donner au père qui deviendrait peu à peu plus dépendant qu'un petit enfant.

Une bouffée de colère lui rougit le visage. Cette colère, Fanfan la croyait dirigée contre la mère, mais en réalité cela ne visait que lui et sa désertion.

« Ils n'ont qu'à vendre les terres et les bestiaux, et se reposer, elle comme les autres, c'est de son âge à présent ! Yvonne ? Elle ira vivre dans la vallée avec son fils ! »

Fanfan, jure que tu ne vendras jamais…

La voix de la mère le poursuivait jusqu'ici.

Il s'écarta des vitrines, marchant à grands pas nerveux. Des jeunes filles en groupe le croisèrent. L'une d'elles avait des cheveux bruns et longs, qui l'enveloppaient comme un châle et devaient lui tenir chaud.

— Géline ! dit-il tout bas.

Son cœur remonta jusqu'aux lèvres, il eut mal, physiquement. Ce n'était pas la première fois que ce malaise le prenait quand il évoquait la Roussière. Il détesta l'été, les vacances et la ville. Il détesta l'idée de son exil définitif. Il allait toujours, alourdi par son malaise qu'il attribuait à cette colère levée en lui comme un grand vent, comme celui qui balayait puissamment le Replat, venu du sud, et qui donnait des maux de tête à Yvonne.

Fanfan accusait la mère de l'avoir poussé à bout, l'obligeant en somme à couper les ponts. Il accusait aussi Géline. Si elle avait été plus tendre, plus généreuse avec lui, se serait-il jeté dans les bras d'Arielle ?

Injuste, Fanfan lui imputait ses dimanches solitaires, mais, au fond de lui, le jeune homme savait parfaitement qu'il était l'unique responsable de son malheur.

Il fit volte-face, suivit les jeunes filles, mais sans entrain. Quand elles s'arrêtaient, il s'arrêtait aussi.

La brune avait remarqué son manège et riait. Non, elle ne ressemblait pas à Géline, aucune fille ne pouvait ressembler à la petite fée des Pins, la bergère aux dindons ; elle avait un rire si pur, comme le bruit de la source qui contournait la Cavale et cascadait sur les cailloux.

Il se souvenait. En septembre, l'année dernière, Arielle lui avait écrit : il pourrait trouver du travail facilement à Lyon, en s'inscrivant dans une agence d'intérim. En se débrouillant bien, il parviendrait à dénicher un petit appartement pas trop cher. Elle n'avait pas dit : « Viens habiter chez moi ! » En un sens, il la comprenait et si c'était juste un délai, une attente nécessaire et décente avant d'être réunis pour toujours, il était bien d'accord. Ça lui était égal d'habiter n'importe où, il aurait couché sous les ponts pour pouvoir respirer le même air que sa bien-aimée.

Cette année-là, marquée par son départ, la moisson avait été vite expédiée. Il n'avait pas attendu la récolte du maïs, ni même les vendanges, pour rejoindre Arielle. La mère, d'ailleurs, n'avait pas cherché à le retenir. Il se revoyait, roulant vers Lyon dans la deux-chevaux qu'il venait d'acheter. Il crispait les mains sur le volant, impatient d'arriver, se refusant à évoquer le moment des adieux, avec la mère muette, sans un cri. Juste une petite phrase au dernier moment, tombant de ses lèvres pâles :

— C'est à cause de cette femme !

Et un regard, ce regard terrible où la colère et le désespoir se battaient ensemble pour y figurer. Le même regard que la mère avait eu en apprenant la mort de Nanot.

Ça voulait dire que, pour elle, Fanfan était mort à son tour.

Il n'avait pas osé embrasser le père. Yvonne était dans les pâtures et Pascal vagabondait, à son habitude, quand il se trouvait à la Roussière. Fanfan était parti, les laissant derrière, eux et Géline avec, sans remords, éprouvant du soulagement, une impression d'être libéré. Il traversa des villages, des bourgades, et plus il approchait de Lyon plus il avait du mal à se concentrer dans la circulation démente.

Ce qui l'avait frappé dans la vallée, d'abord, c'étaient les cimetières, enclos de murs et parfois fort hauts, percés chichement de grilles étroites en fer forgé, toutes bien verrouillées, de vraies portes de prison. Est-ce que dans la région ils avaient peur que leurs morts ne s'échappent ? Au village, le cimetière s'étoilait autour de l'église ; des arbres l'entouraient, et un tout petit muret de pierres sèches qu'on pouvait enjamber. Quand la cloche sonnait les baptêmes, les fêtes et trois fois par jour l'angélus, les morts en profitaient comme les vivants. Les morts vivaient en somme parmi vous et quand on allait à la messe on passait dans leur quartier, entre les tombes pareilles à des maisons au seuil fleuri ; on lisait par habitude ou par affection les noms inscrits sur les pierres de taille, on examinait les ex-voto, on reconnaissait — même sans les avoir vus ou connus — les visages graves entre les cadres ovales des médaillons, et on se rappelait soudain un tel ou une telle, on en causait un moment : ainsi on n'oubliait personne, on perpétuait le souvenir des familles.

Le cimetière de la Roussière… Un jour, on y coucherait le père. Et la mère. Sans qu'il soit revenu les voir. A cette idée, Fanfan eut envie de sangloter.

Fanfan fit demi-tour et suivit encore les jeunes filles. Voilà, il allait draguer, pour oublier ce qui n'allait pas dans sa vie. Une solution comme une autre. La brune aux longs cheveux traînaillait. Elle se retournait sans cesse et son regard hardi cherchait Fanfan.

Le regard de Géline… Cette joie qui l'illuminait quand il l'avait retrouvée, l'attendant près du ruisseau à son retour du service militaire. Fanfan ralentit. De nombreux touristes étrangers se mêlaient aux citadins. Une sorte de gaieté montait de la rumeur confuse de la foule du dimanche, et les yeux des passants la reflétaient, à moins que ce ne fût l'éclat de ce grand soleil d'été. Le groupe des jeunes filles s'était dissous. Il ne restait plus que la brune. Elle s'attardait, longeant les boutiques, attendant d'être rattrapée par le grand gars blond.

Mais Fanfan n'avait plus envie. Il remonta le flot des promeneurs à contre-courant, et, passant à la hauteur de la jeune fille, il la regarda d'un air si froid et si distant qu'elle fut découragée définitivement.

Oh non ! elle ne ressemblait pas à Géline, elle n'était que sa caricature. Il dépassa la fille et l'oublia. Géline. Comme elle était loin.

Mais Arielle était tout près, elle. Demain, peut-être, il la verrait. Si elle voulait.

XV

Quand Pascal revint sur la berge, il vit immédiatement sa mère, dans sa blondeur sévère, telle une grande statue pétrifiée entre deux arbres, sur un socle herbeux.

Très pâle, mais restant fier, le jeune garçon alla jusqu'à elle.

Sans un mot, Yvonne l'entraîna à l'écart, plus loin, plus haut sur la rive. C'était « midi passé » et les gens se dispersaient. Les cloches de la ville résonnaient jusqu'ici et rappelaient à tous que, ce dimanche-là, c'était fête, et joie et plaisirs.

Yvonne marchait vite alors que Pascal ralentissait le pas. Quand elle jugea qu'ils se trouvaient suffisamment isolés — cette affaire ne regardait qu'elle et l'enfant, Toni, aussi —, alors elle se tourna vers son garçon :

— Fils menteur, fils simulateur, je suis dans le trouble et la peine à cause de toi !

Il leva sa tête blonde, si beau en cet instant, son fils, sa graine à elle.

Son fils dont le cœur était irrigué par un sang puisé dans la vallée.

Si Nando avait vécu, comme il aurait été fier

de leur garçon, vainqueur de toutes les passes, un futur champion !

Mais Nando avait été dévoré par le monstre. Et elle ne voulait pas perdre ce fils unique, tout ce qui lui restait d'un amour démesuré, tout ce qu'elle chérissait sur terre.

— Mère, s'enhardit Pascal, sois compréhensive, accepte que...

— Non ! riposta Yvonne.

Et, à la façon dont la femme avait giflé son beau-frère, elle frappa aussi l'enfant. Elle le frappa pour la première fois depuis sa naissance. Dans les yeux de Pascal brilla une lueur d'incrédulité. Il vacilla légèrement, portant la main à son visage chaud, tout chaud de la colère de sa mère transmise à lui, inscrite sur lui avec la marque des doigts.

Puis il se détourna et s'enfuit en courant.

D'abord Yvonne resta immobile, déconcertée. Bientôt elle se sentit vaguement effrayée. Elle appela :

— Pascal ! Reviens, Pascal !

Mais il courait plus vite.

Il arrivait à l'anse désertée.

Il s'approcha du ponton où s'amarraient les barques.

Sans choisir, il sauta dans l'une d'elles.

Affolée, Yvonne se hâtait, pressentant le drame. Pascal s'éloigna de la rive, ramant de toute la vigueur de ses jeunes bras ; sa force semblait décuplée par la peine et l'humiliation.

Il pleurait, parce qu'il ne comprenait pas.

Il ne comprenait pas, parce que la mère et le fils n'avaient jamais parlé ensemble de ce temps-là où la femme aimait le fleuve, adopté pour l'amour de son amour.

Il ne mesurait pas l'ampleur de tout ce que le Rhône avait pris à cette femme, sa mère.

Qui avait été aussi une épouse.

Elle arrivait sur le ponton. L'enfant et la barque qui l'emportait avaient dépassé cette anse où l'eau était calme, peu profonde, et ne dissimulait pas traîtreusement des trous.

Pascal se dirigeait droit vers le cours rapide du grand fleuve, lequel, en son milieu, se creusait de tourbillons, s'agitait en remous frénétiques, bien dangereux pour le rameur inexpérimenté, habitué aux *lônes* dormantes.

— Pascalou, reviens ! hurla Yvonne.

Il rama plus fort.

La femme perçut derrière elle le bruit de pas courant sur le sol herbeux. Elle ne se retourna pas. Elle savait déjà que celui qui arrivait si promptement à la rescousse était Toni.

Toni était resté longtemps avec sa peine comme paralysé au milieu des broussailles. Pris d'un pressentiment, il était revenu sur la berge et les cherchait.

Yvonne sanglotait.

— Toni... Le petit... Il risque gros, là-bas.

— Oui, dit l'homme avec simplicité. Il est en danger. Il faut intervenir tout de suite.

Et Toni sauta dans sa barque. Avant de donner le premier coup d'aviron, cet homme bon et simple, dans la force de l'âge, leva vers Yvonne son visage qui ressemblait tant à celui de Nando, sans en avoir la beauté et le charme.

— N'aie pas peur, je te ramènerai le gosse !

Il s'éloigna. Rapidement, en cadence, il maniait les avirons. Pascal se trouvait déjà dans les grandes eaux, il avait manqué le passage, celui que prenaient les barques pour les courses, quand les hommes qui les guidaient s'affrontaient au fleuve par jeu, mais en initiés, en tenant compte de la puissance du dieu.

Sur le ponton, Yvonne restait pétrifiée, sans même songer à se précipiter pour donner l'alarme.

Elle suivait le combat qui se déroulait sur l'eau.

Le courant avait jeté la première barque, celle qui portait l'adolescent, en plein vers les remous ; et l'esquif tressautait, tournoyait.

Pascal ne ramait plus. Il s'abandonnait à son sort. Si la barque se renversait, il serait aspiré, avalé par le fleuve. Adroitement, Toni avait engagé son embarcation dans le passage et se tenait tout près de ce creux d'eau tourbillonnante.

Tout près. Pas dedans, encore.

Il cria quelque chose à l'imprudent. Plusieurs fois. Alors, du ponton, Yvonne vit que son fils, obéissant, écoutait. Il prit une corde lancée par Toni, l'attacha à sa barque folle. Yvonne ferma les yeux, comme au moment où Pascal avait jouté. Au bout d'un instant, elle les rouvrit. La barque de Toni s'élançait de toute la puissance que l'homme lui insufflait, désespérément, les muscles gonflés par l'effort, et elle entraînait l'autre dans son sillage. Pascal avait repris les avirons et, sur les indications de son oncle, il maîtrisait peu à peu son esquif.

Lentement, très lentement, les deux barques avancèrent alors, remontant le courant.

Ce fut long. Mais Toni avait gagné. Yvonne se disait que le fleuve ressemblait plus que jamais à une bête sauvage : il suffisait, selon les circonstances, de savoir l'apprivoiser ou au contraire de l'empoigner solidement, fermement déterminé à le dompter pour qu'il acceptât la domination passagère.

Oui, il fallait feindre de paraître bien plus fort que lui.

Maintenant, comme un grand félin, il rentrait ses longues griffes brillantes. Tout frétillant, il accompagnait les deux barques vers l'anse azurée, vers l'abri sûr. Et, à petits coups d'inoffensives dents d'écume, il mordillait les flancs des embarcations, il léchait leur fond plat, il disait son plaisir avec une voix chantante.

Les barques touchèrent le ponton. Toni aida l'enfant à monter sur la berge. Alors Yvonne s'écroula en pleurs au pied d'un peuplier.

Pascal courut à elle, se jeta sur l'herbe et, agenouillé, il murmura :

— Que mon oncle me pardonne de l'avoir contraint à risquer sa vie ! Oh, mère, pardonne-moi, toi aussi ! J'avais oublié que je te dois obéissance. Et j'avais oublié le prix de la vie que tu m'as donnée.

Elle écarta les mèches blondes qui avaient glissé sur le front du garçon. Elle vit son visage défait, et ses yeux encore pleins d'épouvante et de larmes.

— Mon petit, mon amour… Pascalou, si tu aimes cela… ces jeux sur le fleuve… alors moi je te dis à présent : oui, agis donc à ta guise et selon tes désirs ! Je viens de comprendre que tu es en âge de choisir ce qui te convient. C'est moi qui étais dans l'erreur.

L'enfant essuya ses larmes et sourit à travers son chagrin.

— Ma mère, tu dis cela. Mais est-ce que tu le penses vraiment ?

— Je le dis et je le pense. Agis comme bon te semble. Il me suffira que tu restes un bon fils !

Pascal l'embrassa avec ardeur. A présent il riait. Alors Yvonne rit aussi malgré son cœur douloureux, malgré l'angoisse qui continuait à l'étreindre.

— Va, maintenant ! Va, fils ! Rejoins tes camarades. Cet après-midi, j'assisterai aux joutes avec toi. Nous applaudirons ton oncle Toni.

— Oh, ma mère, que j'ai de la chance et que je t'aime ! s'écria-t-il. Tu verras, tu ne regretteras pas ta bonté, maman !

Elle sourit de son impétuosité, de son lyrisme. Il s'échappa. Il semblait déjà oublieux de ce drame frôlé, mais ce n'était qu'une apparence. Le danger auquel il avait échappé lui avait fait entrevoir les bons effets de la prudence, qualité complémentaire du courage, assurait son oncle Toni.

Yvonne regardait Pascal s'éloigner en courant vers les autres, ses nouveaux amis, des fils de la vallée et du fleuve.

Ces terres là-bas, au-dessus de la boucle ; bientôt le moment arriverait où Pascal les ressusciterait toutes, comme il reprendrait celles du coteau. Ici ou ailleurs, il construirait une maison et il y installerait une fille de la vallée.

La vie continuerait.

Le maïs de nouveau monterait dru, bien aligné, dans une prospérité tropicale. La peupleraie grandirait. Les arbres fruitiers entourés de soin montreraient chaque printemps leurs mousseuses promesses.

Un petit homme, blond — ou brun —, ferait ses premiers pas à l'ombre des grands peupliers.

La femme soupira…

— Yvonne !

Elle regarda Toni, qui l'appelait. Un instant, elle l'avait oublié. Elle avait mal, mais Pascal ne le saurait jamais. Elle lui avait dit oui, oui à tout, même à ce qu'il n'avait pas demandé clairement. Elle était sincère. A quoi bon ternir la joie de son fils ? Du fils de son amour.

L'homme qui la considérait gravement connaissait, lui, son désespoir secret. Il savait quelle lutte intérieure avait précédé le « oui » à Pascal.

Il esquissa un geste, comme pour prendre la main de la femme. Mais Yvonne recula. Elle ne voulait pas qu'on l'aidât.

Lui, moins que tout autre.

XVI

Géline pensait à Fanfan. Sans arrêt. Quand elle gardait ses dindons, quand elle descendait des Pins pour se rendre au marché. En remontant vers la forêt. En travaillant dans le potager, en nourrissant les lapins, en récoltant les œufs, en faisant la lessive, en allant glaner du petit bois pour allumer le feu, en préparant le repas.

Mais elle n'en parlait pas et sa grand-mère n'osait plus prononcer le nom de ce garçon qui la faisait souffrir : François Planchet, surnommé Fanfan !

Il était parti à la ville, lui qui était un paysan. Il était allé jusqu'à Lyon, sans doute, parce que cette femme qu'il avait connue aux Brosses y vivait. Cette femme qui avait su lui faire perdre la tête et bouillir le sang, qui lui avait donné ce qu'elle, Géline, ne voulait lui accorder que le jour de leur mariage. Et comme il ne voulait pas se marier…

En dépit de l'absence de Fanfan, les journées passaient vite. Elles étaient si courtes en cette saison ! Trop courtes pour Géline. Elle avait vendu une dizaine de dindons au volailler, qui était venu en prendre livraison aux Pins comme chaque année. Elle avait remis l'argent à sa grand-mère, ne gardant qu'un billet et quelques pièces pour faire des courses à l'épicerie du bourg.

Zélie lui avait montré la boîte en fer où elle serrait leurs petites économies, car vivant de rien elles parvenaient pourtant à épargner !

— Tu connais la cachette, sous le carreau descellé de l'alcôve, entre nos deux lits. Au fond de la boîte, il y a le livret de famille, et puis d'anciennes lettres, des lettres qui parlent d'amour, celles que m'a écrites ton grand-père, celles que se sont échangées mon gars et ta maman, quand ils imaginaient qu'ils auraient toute une vie pour s'aimer. C'est tout leur héritage, ma petiote, mais il est important.

— Grand-mère…

— Laisse-moi poursuivre. Il y a aussi l'acte de propriété de notre maison et du terrain autour. Ce n'est pas grand-chose, mais quand je ne serai plus là tu auras au moins un toit sur la tête. Tu trouveras aussi des recettes de guérison par les plantes, que j'ai notées pour toi. Elles te seront utiles un jour si tu dois t'occuper d'un troupeau.

— Mais pourquoi tu me parles de tout ça, grand-mère ?

— Je ne suis pas éternelle, ma mie. Je me sens baisser chaque jour et le soir en m'endormant je ne sais jamais si je me réveillerai le lendemain.

— Grand-mère !

— Allons, ne t'attriste pas, c'est la vie qui est comme ça, on ne peut pas être et avoir été.

Après le repas, Géline était allée bêcher un coin du potager, pour le préparer peu à peu à recevoir les semences au printemps. C'était dur, pour une petite comme elle, avec des bras fluets, mais elle entretenait régulièrement la modeste parcelle et n'allait jamais jusqu'à la limite extrême de ses forces. Avant, Fanfan venait l'aider, en un clin d'œil il retournait le sol avec la bêche. Mais Fanfan n'était plus là, et elle devait se résigner.

A la fin de l'après-midi, après avoir distribué le grain aux poules, nourri les lapins, elle s'avisa qu'elle disposait encore d'un moment. La soupe du soir était prête, il ne restait qu'à la réchauffer, et elle avait tiré un seau d'eau au puits.

— Je vais aller voir s'il y a des noix sur le grand noyer, dit-elle à sa grand-mère.

Zélie était assise dans leur vieux fauteuil, devant l'âtre. Elle s'était toute recroquevillée ces derniers mois et ses mains lâchaient les objets, ce qui la désolait. Elle ne pouvait plus rien faire dans la maison et se plaignait d'être une charge pour sa petite-fille, qui la rassurait en l'embrassant.

Avant de sortir, Géline plaça la lampe à pétrole sur la table. Avec tendresse, elle posa sa petite main tiède sur la vieille main noueuse de Zélie.

— Veux-tu que je l'allume, grand-mère ?

— Mais non, ma petite, il fait encore jour.

— Mais pas pour longtemps.

— Ne t'inquiète pas, j'y arriverai bien, et puis tu ne vas pas rester dehors à la nuit noire.

Il n'y avait ni l'eau courante ni l'électricité aux Pins. Même si elles avaient eu les moyens de payer, le progrès n'aurait pas pu se frayer un passage à travers la forêt vers un hameau aussi éloigné. Mais elles n'en souffraient pas. Bien au contraire. A vivre en autarcie, on ne devait rien à personne ! Le puits leur fournissait une eau de source limpide et bonne à la consommation. C'était le grand-père qui avait effectué le forage, dans sa jeunesse. Il n'y avait pas de facture à régler, et elles vivaient de peu, d'un rien, les légumes du potager, quelques fruits, les œufs que leur donnaient si généreusement leurs poules, la chair de leurs lapins et des volailles, le fromage et le lait qui venaient de la Roussière.

Géline enfila son manteau à capuche et sortit. Il neigerait bientôt, à cette altitude. Elle imaginait la couche de neige qui allait adoucir la cime de leur hameau perdu, recouvrir la Cavale, transformer les pins qui avaient donné leur nom au hameau en arbres de Noël.

La Cavale… De loin, parfois, elle apercevait la grande pierre dressée. Depuis le départ de Fanfan, elle n'y était pas retournée. Elle évitait aussi les champs qui faisaient partie de la Roussière, ça lui faisait mal au cœur de les voir à l'abandon, pas labourés.

Au bout du chemin, il y avait ce grand noyer qui avait été planté bien avant la naissance de la vieille Zélie, un arbre centenaire, dont personne ne se souciait de récolter les noix, petites et souvent véreuses. Géline se baissa. Une multitude de noix pourrissaient parmi les mauvaises herbes, d'autres étaient encore prisonnières de leur coque devenue d'une vilaine couleur marron. Dans la vallée, on récoltait les noix et les châtaignes avant le 1er Novembre. Mais, ici, tout était en retard. Elle en récolta autant qu'elle put et les plaça dans son panier.

Elle avait trouvé du houx, aussi, toute une brassée, qui égayerait leur humble maison. Déjà, comme chaque année, elle avait accroché une branche de gui sur la porte en la passant dans l'anneau du heurtoir.

Le ciel s'était assombri. Quelques traînées rouges à l'ouest signalaient encore le départ du soleil, chaque soir plus rapide. Le vent s'était mis à souffler. Elle remonta son capuchon sur ses cheveux bouclés et reprit le chemin en sens inverse.

La maison semblait faire partie du bois. Les pins tout autour balançaient leurs branches, avec un bruit qui ressemblait à un chant assourdi. Tout était sombre, sur la façade décrépite. Géline entra. La lampe se trouvait toujours sur la table, pas allumée. Le feu se mourait dans l'âtre. Géline alluma la mèche et une lueur douce éclaira le pauvre intérieur. Zélie n'était plus dans son fauteuil. Elle s'était allongée sur son lit, dans l'alcôve, tout habillée, car sa chemise de nuit était encore pliée sur une chaise, avec son châle. Seule sa tête grise dépassait de l'édredon qui la garantissait du froid.

Géline s'inquiéta aussitôt.

— Grand-mère, es-tu souffrante ?

— Non, ma petite, mais je vais me coucher tôt ce soir.

— Il n'est pas si tard. Et il te faut avaler un peu de soupe.

— Tu m'apporteras un peu de bouillon.

Zélie avait fermé les yeux. Géline déposa une grosse bûche dans la cheminée, sur les braises, et le feu repartit, les flammes montèrent en se contorsionnant gaiement et des étincelles crépitèrent.

— J'ai trouvé des noix, grand-mère, les écureuils m'en ont laissé ! Je vais les trier, il y en a quelques-unes de bonnes. Et je ferai un gâteau.

— C'est bien, ma petite.

— Grand-mère, nous sommes le huit !

— Je sais, petite.

— Je vais allumer les lampions.

— Si tu veux, mais qui les verra, d'ici ?

— Notre Dame du Ciel, grand-mère. Puisque c'est en son honneur.

— La coutume finira par se perdre, maugréa Zélie, d'ailleurs nous sommes trop éloignées de Lyon.

— Je vais les allumer tout de même. En bas, à la Roussière, ils le feront aussi, sûrement.

— Je ne crois pas. La mère Planchet n'a pas le goût à ça.

Naguère, la femme Planchet plaçait les lumignons sur le rebord des fenêtres et, quand il n'y avait pas de brouillard, on les voyait d'en bas, au village.

— Elle est bien triste, à cause de Fanfan, soupira Géline.

— Et toi aussi, ma fille, je sais bien !

Géline écrasa une larme sur sa joue encore rouge de la morsure de la bise.

— Il manque à tout le monde, que veux-tu ! L'autre jour, j'ai vu Marie Planchet et Yvonne réparer elles-mêmes la clôture de l'enclos où elles parquent parfois les moutons, quand on ne peut pas les sortir. Et quand Pascalou monte, les fins de semaine, c'est lui qui sort le fumier de l'étable, qui pousse la brouette.

— C'est normal qu'il aide sa famille.

— Pascalou ne restera pas à la Roussière, même si Fanfan ne revient pas. Son avenir n'est pas dans les collines. Et Fanfan devrait bien le savoir.

Géline laissa échapper un soupir, malgré elle, un soupir qui en disait long sur son chagrin. Zélie attrapa sa main et la serra dans les siennes avec une force que la jeune fille ne soupçonnait pas.

— Ne sois pas triste, ma pillotte. Il leur reviendra. Il te reviendra. Il reconnaîtra son erreur.

— Je ne crois pas.

— Moi, je te dis qu'il reviendra. Il faudra lui pardonner. Il t'épousera, je te le promets.

— Comment peux-tu en être aussi certaine ?

— Tu sais bien que je suis un peu sorcière, se moqua l'aïeule.

Puis sa voix redevint grave :

— Mais, ma petite, je ne serai pas là pour ton mariage.

— Pourquoi dis-tu cela, grand-mère ? Tu n'es pas malade. Tu es juste vieille.

— Mais oui, mon enfant. Justement. Je suis vieille. J'ai la maladie du temps qui passe, du temps qui est arrivé à son terme.

Géline aurait voulu se boucher les oreilles, car elle n'imaginait pas sa vie sans sa grand-mère, son soutien depuis toujours. Elle chassa ses pensées tristes et alluma les bougies plates dans les verres. Elle les aligna sur le rebord des deux fenêtres de la façade. Par moments, quand le vent piquait une petite colère, les minuscules flammes vacillaient et s'éteignaient dans l'un ou l'autre des verres ; alors Géline sortait pour rallumer les bougies. Sa grand-mère avait avalé un bol de soupe, elle l'avait aidée à se déshabiller, à revêtir sa chemise de nuit et l'avait bordée dans son lit, sous les couvertures et l'édredon. Car l'aïeule redevenait l'enfant et cette petite dont elle s'était occupée si tendrement était devenue celle qui soigne.

— Dors bien, grand-mère, dit elle, en déposant un baiser sur le vieux front ridé.

Géline avala sa soupe, mangea un morceau de pain et de fromage, et en guise de dessert une pomme. Puis elle lava la vaisselle sur la pierre d'évier sans robinet. A l'eau froide. Mais elle avait l'habitude.

Zélie dormait, à présent. Les lumignons dehors s'étaient éteints.

Géline s'assit devant le feu, un chat sur les genoux. Elle ferma les yeux. Et rêva de Fanfan.

*
* *

Quelques semaines s'étaient écoulées, encore. On était la veille de Noël. A la Roussière, la mère Planchet regarda l'horloge. Quatre heures. Le soir, déjà, et la salle s'assombrissait. L'absence du jeune Pascal se faisait sentir. Le garçon fêterait Noël avec son oncle, dans la vallée. Yvonne était d'accord. Elle était toujours d'accord à présent.

Yvonne avait été invitée par Toni Marrion, mais elle ne voulait pas bouger de la Roussière. Triste Noël, sans Pascal, sans Fanfan ! Désormais la mère ne croyait plus à son retour.

Et soudain Yvonne parut, habillée de son meilleur manteau, un sac à la main.

— Où tu vas ? s'étonna Marie Planchet.

— Prendre le dernier car et rejoindre Pascal. Je retiendrai une chambre à l'hôtel sur la place, nous irons à la messe de minuit ensemble, je ne peux pas refuser cela à mon fils, je l'ai vu partir trop déçu.

— Ton fils aurait dû comprendre qu'un soir comme celui-ci sa place était à la Roussière, avec sa mère et ses grands-parents.

— Mère ! Tu l'as dit tant de fois : c'est un enfant de la vallée, un fils du fleuve ! Le choix a été fait et Toni a pris la place de son père.

La mère Planchet regarda Yvonne curieusement.

— Eh bien, va donc ! Bon Noël, ma fille. Tu as raison, je crois.

Yvonne s'éloigna dans la grisaille, d'un pas pressé. L'autocar passait vers dix-sept heures, elle l'attraperait sûrement. La mère s'approcha de l'étroite fenêtre aux tout petits carreaux, que les rideaux de coton fermaient encore à la lumière avare de l'hiver, mais protégeaient un peu du vent qui s'infiltrait sournoisement sous les battants, en dépit des bourrelets cloués par elle.

Du gris, rien que du gris dehors. Et la mère remuait pensivement des images dans sa tête. Elle se dit qu'Yvonne ne reviendrait pas, ou alors si elle revenait ce serait pour très peu de temps. Yvonne retournerait à la vallée même contre son gré, mais elle l'ignorait encore.

La mère reconnut que le départ de sa fille l'accablerait, mais elle essaya en même temps de se persuader que rien n'avait plus d'importance. Et, soulevant le rideau, elle tenta d'apercevoir un peu de ce ciel qui laissait présager de la neige, bien que l'air fût resté aussi piquant qu'un petit vin des pressailles d'octobre.

L'amertume la prit, presque sensible au creux de l'estomac. Le vin, cet automne, quelle affaire ! Il avait fallu embaucher un saisonnier, qui n'en faisait pas lourd, réputé pour son poil dans la main — c'était d'ailleurs pour ça qu'il était si souvent libre !

Ah ! Le fils croyait qu'elle allait se laisser couler, sans essayer de surnager jusqu'à la limite de ses forces ? Ça non. Et elle avait remué son employé pour la cueillette, l'avait forcé à atteler Coquet à la carriole chaque soir pour porter les *bennes* remplies chez le cousin qui possédait un pressoir et des cuves.

Elle l'avait dédommagé en lui laissant une part de la vendange, et encore, elle avait dû feindre de le supplier pour qu'il accepte… tout le cérémonial paysan, habituel ! Et elle avait dû payer le saisonnier pour ses services mous, alors que les réserves étaient si maigres, que le blé de l'année sur lequel elle comptait n'avait guère donné, et le seigle non plus.

Mais à quoi bon remâcher toutes ces choses misérables et débilitantes ? Elle devait se faire une raison, rien ne serait plus comme avant et plus tard il n'y aurait pas de petit garçon à leur nom pour continuer la Roussière.

La mère ne regrettait pas, cependant, d'avoir poussé Pascal à s'en aller vers la vallée, là où il était à sa place, là où il avait été conçu. Car Pascal n'était pas un enfant des collines, Marie Planchet l'avait su tout de suite, et Yvonne s'était forgé des illusions.

La terre meurt… Ils disaient cela, parfois, dans les journaux, à la radio. Ils avaient peut-être raison. Non qu'elle fût malade, la terre ; elle avait toujours sa vigueur malgré des faiblesses passagères qu'on pouvait l'aider à surmonter.

En réalité, c'étaient les garçons d'ici qui l'assassinaient, après qu'ils en avaient reçu vie. Ils s'en allaient. Ils désertaient.

La mère se tourna et regarda le père. Jules tendait ses doigts maigres et secs comme des sarments vers le flanc du poêle, en un geste frileux qui remontait des profondeurs des âges. Vrai, il ne faisait pas trop chaud dans cette maison. Depuis le départ d'Yvonne, la mère ne s'était plus souciée du feu. Elle s'approcha, poussa la marmite où cuisait la pâtée du cochon. On ne l'avait pas encore immolé. La mère se consola en se disant que le goret avait donc le temps de fabriquer un peu de gras supplémentaire.

Elle prit le pique-feu, gratta les bûches qui se réduisirent en braises. De la fumée sortit du poêle. Le père toussa. Marie plaça alors une poignée de brindilles au fond du foyer, et de nouvelles bûches qui flambèrent bientôt, redonnant un peu de chaleur à Jules et à la cuisine.

A côté de la marmite, elle posa une « coquelle » en fonte. Elle y jeta, émincés, les légumes préparés au début de l'après-midi par Yvonne. Il aurait fallu du lard, mais le lard était toujours sur le cochon. Marie Planchet haussa les épaules avec fureur. A quoi bon se préoccuper de mangeaille un soir de Noël qui serait si triste ?

— Ça va-t-y neiger ? articula faiblement le père.

Sa femme le regarda de nouveau. Comme il était vieux, ce soir.

— Bien sûr, Jules. Il neige toujours pour Noël, chez nous, tu le sais bien.

Marie avait dit cela presque par bravade, pour faire croire — mais à qui ? — que ce Noël serait après tout comme les autres. Elle regardait toujours le père. Pauvre homme, immobilisé, perclus d'escarres. Et en plus il devenait sourd ; il fallait parler très fort pour qu'il comprenne et bien remuer les lèvres.

Si tout continuait à se dégrader comme ça, Jules serait bientôt isolé des autres, muré dans son silence. Un avant-goût de la mort. Yvonne ne reviendrait que pour mieux se préparer au départ, Marie Planchet en avait soudain la certitude. Alors, sa fille partie, ce serait la fin. Elle n'aurait plus la force physique de pousser le fauteuil roulant hors des limites de la cour à peu près plate. Tant de sentiers, tant de montées et de descentes dans un lieu qui a le toupet de s'appeler le Replat ! Non, elle ne pourrait plus. Le ressort allait casser d'un coup. Elle ne serait plus assez vigoureuse pour aider le père à se lever, à se coucher, pour le tenir à bras le corps. Quand Fanfan était là, parfois, il soulevait le père, lui faisait faire quelques pas comme à un bébé, dans l'enclos, sous le gros noyer, à l'endroit où l'on domine tout le bourg, où l'on peut même observer ce qui s'y passe d'en haut et compter les gens qui attendent l'autocar.

De là aussi, on voyait toutes leurs terres jusqu'à celles de la combe, et, si le père faisait l'effort de tourner un peu la tête sur la gauche, il pouvait admirer, au bout de la sapinière, la Cavale dressée, prête à bondir, à sauter l'obstacle des montagnes.

Jules, alors, parla en mâchonnant les mots. Marie comprit qu'il lui demandait d'allumer du feu dans les chambres, toutes les chambres, et surtout dans celle de Fanfan. Il s'imaginait que leur fils reviendrait, parce que c'était Noël.

— Non, dit la mère agressive, je ne vais pas gaspiller des bûches que j'ai eu tant de mal à refendre !

— Je suis content que le petit revienne pour ce Noël, marmotta Jules. Ça fait si longtemps. Faudra lui causer, Marie. Lui faire savoir qu'on a besoin de lui ici à la Roussière. C'est son bien et il ne doit plus repartir.

Ainsi, il n'avait rien compris. Marie Planchet renonça à lui expliquer, et, pour cacher l'émoi qui lui rougissait la face, elle se détourna, noua son châle sur sa tête, passa ses sabots et sortit, refermant bien la porte.

Sur le seuil, elle s'arrêta, peinée, affligée, amoindrie par son impuissance à faire face.

Dans l'étable, la génisse blanche se plaignait. Le veau n'était pas loin.

La mère regarda vers les bois. Au milieu des pins se dressait la maisonnette revêtue de lierre où désormais Géline vivait seule. La Zélie n'était plus. Elle s'était éteinte dans la nuit du 8 au 9 décembre, dans son sommeil. On l'avait enterrée au cimetière du village, près de son mari, de son fils et de sa bru. Géline s'était montrée très digne et courageuse. La mère avait de la compassion pour la jeune fille, mais elle lui en voulait aussi. Géline aimait Fanfan et elle n'avait pas su le retenir, le garder des tentations.

Le ciel gris virait au blanc. La nuit montait du sol au lieu de descendre des nues. Il neigerait avant minuit. Noël. Et Fanfan ne serait pas là.

A six heures du soir, la mère traversa la cour pour se rendre à l'étable, surmontée de la grange à foin. Il faisait toujours très froid, mais Marie Planchet savait bien que la neige, là-haut, sous cette taie blanchâtre qui doublait la nuit et cachait le ciel, amassait ses flocons pour les déverser en sacs entiers.

La mère n'avait rien préparé de spécial, mais elle qui disait ne pas aimer « les chichis » regrettait le sapin d'autrefois, tout rutilant de ses décorations, dont s'étaient occupé Nanot, puis Fanfan et ensuite Pascal.

Son petit-fils. Un enfant du fleuve, qui ne reviendrait jamais à la Roussière. Marie le savait depuis le jour où Pascal avait parlé de la vallée d'un ton rêveur. Mais c'était mieux ainsi.

La Roussière était le bien des Planchet. Ses fils, ses garçons… L'un mort et l'autre, ce petit dernier arrivé par accident, mais finalement bienvenu, parti !

La mère essaya de ne penser qu'à Nanot, mais son cher visage, franc et clair, appelé ce soir-là de force, restait curieusement flou dans sa mémoire. Il était repoussé par un autre qui s'imposait, bien vivant, celui de Fanfan, avec la fossette énergique fendant le menton carré, et les yeux couleur de la pervenche.

Ce tard-venu, elle ne l'avait guère câliné et pour cela, d'ailleurs, il y avait la grande fille, Yvonne, qui s'en chargeait. Pourtant elle l'aimait, son loustic ! Elle aurait dû peut-être le lui dire ; seulement elle n'était pas du genre à faire de tels aveux. Pour elle, c'était faiblesse. Fanfan aurait dû comprendre tout seul. Les plats qu'il préférait, elle les lui préparait ou suggérait à Yvonne de s'en occuper. Un chandail tricoté à la veillée en même temps que sa fille travaillait pour habiller Pascal, la pierre lisse et chaude qu'elle glissait dans ses draps dès les premiers froids, la chemise du dimanche toujours nette et bien repassée, autant de petites attentions qui signifiaient : « Je t'aime, mon fils, bien tendrement ! »

Noël, ce soir. Pas de sapin, pas de crèche, pas de fricot, pas de cadeaux. Pas de rire d'enfant, pas de jeunesse stimulante à la Roussière. Pas de feu dans la cheminée, ni dans les chambres.

Une révolte la prit. « Pauvre Jules, tu n'aurais pas sur ta table le repas de fête un soir pareil, parce que je suis assez bête pour me désoler à propos d'un ingrat ? »

Marie retourna en arrière, décidée, et elle choisit au hasard dans la basse-cour. Réveillées, les poules firent un beau tintamarre. Où était la Roussotte qui ne pondait plus ? Celle-là, on pouvait la sacrifier sans remords. Puis Marie se ravisa et en tâtonnant attrapa le poulet jaune et hargneux dont les bagarres avec le coq commençaient à la fatiguer. La Roussotte reprit sa place, épouvantée. La mère tenait le poulet par les pattes. Il battait furieusement des ailes et cherchait à la piquer. En voilà un qui n'irait pas au supplice avec résignation ! Plus tard, Marie rentra avec sa victime sans tête et toute molle. Il faisait meilleur à présent dans la salle. Le poêle tirait bien. Avec une douceur inaccoutumée que Jules perçut, elle posa sur ses genoux maigres le poulet sans tête et plaça près de lui un panier pour les plumes. Elle savait que le père souhaitait passionnément se rendre utile. Lentement, mais obstinément, il arracherait le plus gros du plumage. Elle terminerait, prétextant l'heure qui tournait pour ne pas le vexer. Un rire bas écarta un peu les lèvres de l'infirme.

— Fanfan revient, ma bonne femme, hein ?

Marie se retint de hausser les épaules. Le poulet immolé avait renforcé la conviction du père. Eh bien, tant pis, elle jouerait le jeu. A sept heures quinze, elle avait allumé du feu dans la chambre de Fanfan. Elle avait vidé la volaille plumée, l'avait passée quelques secondes au-dessus d'une flamme, puis mise au four avec une poignée de châtaignes. Des pommes rissolaient, dans un autre plat, givrées de sucre en poudre et baignant dans du vin doux. Le père adorait ça. Fanfan aussi.

Serrant son châle autour de sa tête, drapant les plis sur ses épaules maigres, elle ressortit pour interroger le ciel. Mais, de ciel, il n'y en avait plus. Il n'y avait que la nuit qui vous engluait comme de la poix. L'air s'était adouci tout de même. La mère pensa à Yvonne et à Pascalou ; ils devaient être contents de s'être retrouvés dans la vallée. Marie l'aimait, ce gamin qui, physiquement, tenait de leur côté, mais elle avait voulu, hier, un petit-fils qui porte le nom des Planchet — pour la Roussière. C'était peut-être injuste, mais elle n'y pouvait rien, et son seul espoir avait été Fanfan et les enfants de celui-ci.

Marie Planchet gagna le fenil ; elle grimpa, leste encore, les degrés de l'échelle appuyée contre la trappe. En vérité, c'étaient les nerfs qui la tenaient et lui faisaient surmonter l'usure de son corps. Éclairée parcimonieusement par la baladeuse, elle poussa une botte de foin vers le trou pratiqué au-dessus des mangeoires. Elle avantagea particulièrement la Blanchette, avec une double brassée, sachant pourtant que la bête ce soir ne s'intéresserait pas au contenu de sa crèche. La Blanchette meuglait, par à-coups, suppliante. C'était son premier veau, mais d'autres génisses avaient vêlé sans complications à la Roussière, alors pourquoi s'inquiéter ? Le travail, en principe, se faisait tout seul, et en se levant la mère trouvait le veau debout près de la vache, cherchant son pis.

Mais si les choses tournaient mal, pour la Blanchette ? Un soir de Noël. La mère se tracassait, bien qu'elle s'en défendît. Fanfan, qui aimait tant cette génisse… Bernard, le vétérinaire, avait pris huit jours de vacances ; il partait skier, comme tout le monde à présent, sauf ceux du Replat ! Son remplaçant habitait à trente kilomètres et il n'y avait pas le téléphone à la Roussière, voilà que la mère se prenait à le regretter. En cas d'urgence, il faudrait descendre au bourg, à la cabine de la place.

Marie reposa la fourche dans l'angle. De l'autre côté de l'étable, les moutons se terraient les uns contre les autres. Elle n'en finirait pas, ce soir, de nourrir toutes ces bouches. En sortant de l'écurie où logeait Coquet, Marie sonda la nuit, désespérément, comme si les ténèbres pouvaient s'ouvrir et livrer passage à quelqu'un. A un garçon blond comme l'été.

Huit heures. La mère s'était assise sur le trépied pour la traite et le lait giclait dans le seau.

L'atmosphère de l'étable était chaude, étouffante. La Blanchette s'était écroulée sur le flanc et Marie était vraiment inquiète, seule pour régler ce problème qui se présentait, qu'elle avait redouté.

— Eh, mère Planchet !

La mère se retourna. C'était Géline. La vieille Zélie n'était pas morte tout à fait, car un peu de son expression sagace avait passé dans les yeux clairs de sa petite-fille. Une petite qu'on avait vu grandir, transparente et travailleuse, courageuse. Et pourtant elle n'avait pas eu assez de ces qualités-là pour retenir Fanfan ! Cependant, la rancune de la mère s'effritait et elle regrettait ses pensées injustes. Est-ce que c'était sa faute, à Géline, si Fanfan s'était fait embobiner par *l'autre* ! Son innocence ne faisait pas le poids à côté de l'expérience de cette femme. Eh ! Quand même… La mère ne pouvait pas lui reprocher d'être restée sérieuse !

Marie, pour Géline, essaya de sourire et d'adoucir sa voix.

— Pas trop le cafard, Géline, ce soir, là-haut dans les pins, toute seule ?

— Un peu. C'est pourquoi je suis descendue. Si ça ne dérange pas… Je m'invite.

— Tu ne déranges pas, Géline, dit la mère avec reconnaissance. Tu as eu une fameuse idée. On ne te voyait plus guère et tu nous manquais.

— Il n'y a pas si longtemps que ma grand-mère est morte.

— Oui, mais je parlais d'avant.

Marie s'en voulait de ne pas avoir pris l'initiative d'inviter la jeunette à passer la veillée à la Roussière.

— Et Yvonne ? Et Pascalou ? Ça va ?

— Oui, ça va. Ça va même si bien que la maman et le garçon se sont éclipsés. Ils sont partis fêter Noël dans la vallée, chez Toni Marrion. On est bien seuls, ce soir, le père et moi, alors tu vois, si tu restes, tu nous feras bien plaisir, ça nous donnera du contentement.

— Ma grand-mère me manque, vous savez !

— Je sais. Tu l'aimais *tant beaucoup* !

Marie Planchet avait eu de la peine quand cette vieille femme que les gens appelaient la sorcière s'était endormie pour toujours. C'était elle qui avait fait sa toilette et qui, la première, avait aspergé d'eau bénite son corps apaisé.

— La génisse de Fanfan a l'air mal en point, remarqua soudain Géline.

— Oui, et je me tracasse pour ce *bestiau* ! Pourvu que son veau ne se soit pas mis de travers !

Géline s'approcha de la volumineuse masse de chair, affalée, d'où sortaient des meuglements lugubres.

— Il faut l'examiner, mère Planchet, et retourner le veau s'il y a besoin.

— Je ne me sens pas capable, avoua la mère. Autrefois, peut-être, je l'aurais fait. Mais aujourd'hui, non. Espérons que le retournement ne soit pas nécessaire.

— Vous voulez que je me rende compte et que je le fasse, si c'est obligé ?

— Toi ?

Incrédule, la mère considérait Géline. Cette petite, cette mauviette juste assez forte pour porter un fagot, juste assez drue pour courir après ses goulous ! Puis la mère sourit. Mauviette, pas tant que ça ! Bien sûr, Géline, comme sa grand-mère, n'était ni grande ni grosse, mais elle-même, la Marie, qui avait le corps maigre et sec, passait pourtant jusqu'à ce jour pour être une des femmes les plus vigoureuses de l'endroit.

— J'ai vu ma grand-mère retourner un veau, un soir où on l'avait demandée en secret, au village.

On avait peur de la « sorcière », mais on la requérait à l'occasion, discrètement. On assurait même son transport en voiture ou dans une carriole. Zélie connaissait les plantes, mais elle avait aussi le don de soulager bêtes et gens, et ça se savait.

Si elle avait légué seulement le quart de son savoir — et de son savoir-faire — à Géline, heureux celui qui prendrait la petite pour femme, si pauvre soit-elle.

— Va te laver les mains au savon de Marseille, Géline. Je te fais confiance pour le reste.

Ayant déclaré cela, Marie Planchet ressentit une bienfaisante impression de soulagement.

— Si toutefois j'estime que ça se présente vraiment mal, dit la jeune fille, si la tâche me paraît au-dessus de mes possibilités, je descendrai aussi vite que je le pourrai jusqu'au bourg, je demanderai à téléphoner à l'épicerie qui doit être ouverte encore, pour avertir le remplaçant de Bernard. N'ayez pas peur, mère Planchet. Il n'arrivera rien de mal à la Blanchette et à son veau.

— Mais je n'ai pas peur, ma petite !

Et c'était vrai. Depuis que Géline était là, son angoisse s'était allégée. Elle porta le seau rempli dans la remise, le vida dans le bidon ; elle puisa un peu de lait avec une louche et le versa dans la gamelle des chats qui attendaient sagement, mais les yeux luisant de convoitise.

Fanfan, hier, parlait d'acheter une machine à traire et un refroidisseur, car le laitier bientôt ne passerait plus chaque jour. « Fanfan, où donc es-tu, mon petit gars, ce soir de Noël ? Ton deuxième Noël loin de la Roussière ! Pourquoi j'ai été trop orgueilleuse pour te demander d'écrire, de laisser une adresse, le jour où tu es parti ! » Quand la mère retourna à l'étable, la Blanchette avait changé de position et Géline la fouillait avec habileté, en lui parlant comme à un être humain. La bête ne se plaignait plus et la mère était troublée par ce qu'elle voyait. Elle se sentait de trop, alors elle regagna la cuisine et annonça au père qui la regardait, interrogatif :

— On ne tardera pas pour dîner, va !

Est-ce qu'il avait compris ?

— J'ai vu Géline te rejoindre à l'étable, dit-il avec lenteur.

La mère soupira, repoussa ses casseroles, souleva les couvercles. Elle posa la cafetière sur le « rond » brûlant. Ouvrit le four, arrosa le poulet avec son jus doré et pétillant. Encore un peu et il serait cuit. Elle ressortit pour nourrir le chien de berger, blotti au fond de sa niche.

Elle hésita, puis se dirigea vers l'étable. C'était plus fort qu'elle, une force mystérieuse l'attirait dans le sillage de Géline.

XVII

Ces derniers mois avaient été particulièrement difficiles pour Fanfan et ça ne l'étonnait guère d'aborder les fêtes dans cette misère morale.

Avec Arielle, tout avait été de mal en pis. Leur amour s'était dégradé. Par sa faute à elle.

Sans l'avoir prémédité, Fanfan pénétra dans une cabine téléphonique, et là, dans cette cage au verre épais et sale, il se sentit à l'abri, à l'écart de la foule qui l'oppressait, dont la gaieté le blessait.

Sa panique s'allégea et sa peur se dissipa, sa peur à l'idée d'être tellement seul, ce soir pas comme les autres. Seul et en détresse.

Sa peur, aussi, devant la certitude de s'être trompé sur tout, et sur Arielle en particulier. D'avoir gâché ses chances.

Il fouilla fébrilement ses poches et trouva de la monnaie. Il introduisit les pièces dans la fente. Arielle avait défendu, mais il passerait outre, il devait entendre sa voix, lui parler.

Elle n'avait pas le droit de se comporter de cette façon. S'il se trouvait en ville, loin de la Roussière, loin de tout ce qui faisait sa vie, c'était pour elle.

Et à cause d'elle.

C'était par sa faute.

Hier, il disait : « Grâce à elle ! »

Fanfan décrocha, composa le numéro qu'il connaissait par cœur et qui était ce soir-là comme un code. Un code donnant accès à la joie ou au désespoir, cela ne dépendait plus de lui.

— Oui ? Qui est à l'appareil ?

Mon Dieu, merci, c'était sa voix ! La voix d'Arielle, la voix qui murmurait, voilée, aux instants inoubliables vécus aux Brosses : « Je t'aime, François, je t'aime à la folie ! »

— Arielle, c'est moi ! bredouilla le jeune homme.

— Toi, oui. J'entends bien...

La jolie voix mélodieuse devint âpre :

— Je t'avais dit de ne pas appeler chez moi. Et surtout ce soir. Tu te rends compte ? Mon mari va arriver d'une minute à l'autre.

Ainsi, c'était pour cela. Elle laissait échapper dans sa nervosité une vérité qu'elle lui dissimulait.

— Mais... son travail ?

— Il a demandé six mois de congé.

Six mois. Six mois sans elle, six mois de plus à son supplice, à se ronger, à l'imaginer avec cet homme dans la vie de tous les jours, en train de se réapprendre, peut-être.

— Nous devons parler, Arielle. Il n'était pas prévu que ton mari revienne habiter avec toi.

— François ! Ce n'est pas le moment de me faire une scène.

— Il arrive quand ?

— Je te l'ai dit. D'une minute à l'autre. Il tenait absolument à être en France pour Noël. A cause de la petite. Laura ne se souvient pas de lui et il réalise qu'elle va grandir, trop vite. Laisse-moi à présent, François.

Il s'aperçut que ses doigts étaient crispés sur l'appareil.

— J'ai besoin de te voir, Arielle. De te parler ! répéta-t-il. Ça ne peut plus durer comme ça.

— Non, François, pas ce soir, tu dois le comprendre.

— Arielle, je te dis que…

Stupide, il écoutait la sonnerie qui tintait à son oreille. Arielle avait raccroché. La sueur inonda son visage ; son cœur battit follement. Il eut envie de casser la cage de verre où il se sentait maintenant en prison. Voilà, il haïssait Arielle. Et il l'aimait toujours. Sans elle, il ne pouvait pas exister.

Fanfan raccrocha et, déterminé, les poings serrés dans ses poches, il marcha droit vers son immeuble. Comme il l'avait fait un certain dimanche, il leva la tête vers les fenêtres. Elles étaient brillamment éclairées. Personne ce soir n'était pressé de se coucher *et ça lui* rappelait les Illuminations, récentes. Une fois, à la Roussière, sa sœur Yvonne, qui se souvenait des coutumes de la vallée, avait placé des lampions sur les rebords des fenêtres. Quand Fanfan s'était couché, certains étaient éteints, d'autres se consumaient encore. Au plafond, la forme des rideaux, leur trame élargie, faisait comme une grande toile d'araignée qui palpite au vent.

Fanfan ne pouvait détacher son regard de l'immeuble déjà en fête. Du hall jusqu'aux cimes, les lumières éclataient et même sur les terrasses qui étaient de véritables petits jardins suspendus, avec des plantes et des arbustes jetés en un savant désordre dans la terre végétale. Arielle lui avait raconté que les promoteurs avaient trouvé cette idée géniale : un jardin, même de vingt mètres carrés en plein ciel, ça vous calmait l'envie de fuir plus loin, d'investir dans les banlieues voisines des campagnes.

Fuir… S'il était vrai que les jeunes ruraux à une époque avaient déserté leurs terres, un mouvement contraire s'amorçait, le reflux après le flux. D'autres, qui étaient nés et avaient grandi dans le béton, partaient s'installer à la campagne. Fanfan se dit alors, nettement, qu'il s'était exilé un peu trop vite.

Il avisa une autre cabine téléphonique, un peu avant les parkings. Il pouvait encore appeler Arielle et lui dire : « Je suis en bas de ton immeuble et je vais monter. Je trouverai bien un moyen. Et tu devras me parler, me recevoir de gré ou de force ! »

Une femme le frôla, avec le sapin qu'elle portait. Petit garçon — et même un peu plus tard —, Fanfan adorait préparer le sapin de Noël. Ensuite, son neveu Pascal avait pris la relève. Autrefois, Nanot, son grand frère, choisissait et coupait l'arbre, et lui, petit enfant aux mains malhabiles, il le décorait. Yvonne aidait la mère à confectionner la bûche au chocolat ; c'était avant qu'elle soit mariée à Nando.

Fanfan s'approcha de l'immeuble. Celui-ci était gardé par ce maudit système électronique auquel le jeune homme avait déjà été confronté. En plus, il fallait se servir d'un interphone pour entrer en communication avec chaque appartement. Mais un groupe joyeux entra et Fanfan pénétra avec lui dans le bâtiment, sans qu'on ne lui demande rien. Cela lui parut un excellent présage. Évitant l'ascenseur, il prit la montée d'escalier pour avoir tout son temps afin de se composer un visage, de se préparer à affronter Arielle, car il s'agissait bien de cela : un affrontement.

Fanfan montait, marche après marche, ralenti malgré tout par son désarroi. Qu'avait-il gagné, en fin de compte, à écouter Arielle ? Il ne s'habituerait jamais à un travail de robot. Et dire que ses nouveaux copains le traitaient de *péquenot* ! Et dire qu'il avait honte d'avouer, au début, à ces Lyonnais si fiers de leur grande tour, de leur métro qu'on achevait, qu'il venait d'un patelin de trois cent cinquante âmes et qu'hier il attelait un vieux roussin à une charrue démodée depuis des lustres ! Il en avait assez ! Marre ! Marre de ce travail abêtissant, marre aussi des sandwiches de midi et des repas graisseux, le soir au restaurant, qui détruisaient son estomac et son budget précaire, marre des self-services du samedi où l'on va pour se distraire et voir du monde, où l'on pose sur un plateau des plats qui ont l'air d'être bons, qui ne le sont pas souvent, qui ne semblent pas chers, mais, si on se laisse tenter par le grand choix, gare à l'addition !

Fanfan voulait retrouver le goût de la soupe épaisse que préparait la mère, celui des beignets aux pommes qu'Yvonne réussissait toujours bien, le goût des nourritures simples, présentées *simplement,* sans surprise, des poireaux entiers avec du vert, servis quelquefois avec du museau de cochon, et on arrosait ça d'une vinaigrette avec beaucoup d'ail — et tant pis pour l'haleine puisque c'était bon pour la santé.

Ce soir, qu'est-ce qu'elles mijotaient, la mère et Yvonne, à la Roussière ?

Fanfan était arrivé à l'étage d'Arielle. Mais il n'osait pas sonner, figé devant cette porte rébarbative, immobile sur ce palier obscur, à guetter comme un voleur, à sursauter au moindre bruit, poursuivi par les souvenirs et en même temps persécuté par les images que suscitait son esprit fiévreux. Il *voyait* Arielle dans l'appartement, elle se faisait belle pour le retour de l'ingénieur. Comment lutter contre un mari qui a de la prestance, de l'argent, une situation prestigieuse et qui a décidé de reconquérir la petite épouse rétive ! Comment lutter contre cette réalité : un enfant conçu par eux deux, qui est là et qui peut les aider à renouer les liens ?

Lui, Fanfan, n'avait que sa jeunesse, son ardeur à aimer. Cela pouvait-il suffire aujourd'hui à Arielle ? On était bien loin de l'époque des Brosses !

Arielle était derrière cette porte. Arielle qu'il voulait toujours. Et c'était Noël.

Le père, autrefois, lui racontait à la veillée des coutumes d'ici et d'ailleurs. Il disait que pour Noël, dans les fermes les plus cossues — et souvent même dans les autres —, on mettait sur la table une assiette de plus, c'était la part du pauvre.

Fanfan se sentait le pauvre de Noël. Mais sa part d'amour l'attendait-elle quelque part ? En tout cas, pas dans le cœur d'Arielle.

Elle l'avait encouragé… Tant de belles paroles, des promesses, et il l'avait crue. Il allait exiger un acompte sur tout ce bonheur qu'elle lui avait fait miroiter. Sa part du pauvre, en quelque sorte. Faute de mieux, il s'en satisferait. Il la voulait plus que jamais et pourtant il se dégoûtait à l'idée qu'il était là, mendiant d'amour, à quêter une minute de son temps, un baiser par-ci, une caresse par-là, depuis des mois, et ce soir…

Convaincre Arielle. Tout de suite. Lui enjoindre de tout laisser, de venir avec lui, de divorcer pour l'épouser. Au fond de lui, une voix chagrine lui murmurait que c'était un rêve impossible. Arielle avait-elle jamais été sincère ? Et, si oui, elle s'était reprise très vite. Le chagrin de Fanfan s'exacerbait au son de cette voix, introduisant en lui une grande colère. Très bien, elle ne viendrait pas de son plein gré, alors il ferait du chantage. Quel genre ? Il allait y réfléchir, et vite.

Et voilà que l'idée s'imposa.

Il appuya sur la minuterie et la lumière crue l'aveugla. Il sonna. La porte fut tirée de l'intérieur, avec prudence, et ne s'ouvrit pas plus que l'écartement permis par la chaîne de sûreté. Arielle se montra dans l'entrebâillement, puis, ayant reconnu Fanfan, elle soupira, mais retira la chaîne et passa sur le palier.

— François, tu exagères ! Comment as-tu fait pour entrer dans l'immeuble ?

— J'ai suivi des gens.

Elle n'avait pas l'air contente, ce qui ne l'empêchait pas d'être jolie, comme d'habitude. Ensorcelante. Ensorceleuse. Elle portait une de ces robes, fichtre ! Longue, mais collant à elle, comme une seconde peau. Autant aller nue, tiens donc ! Fanfan ne voyait pas sa sœur Yvonne portant un truc pareil, ni aucune fille qu'il avait connue. Arielle avait fait coiffer ses cheveux et accentué leur teinte fauve. Et ils brillaient comme les feuilles en octobre, les feuilles dorées qui bougent en captant la lumière. Ses yeux, sous les cils maquillés, brûlaient de colère. Pour qui elle se faisait belle comme ça, pour son mari ?

Il fit un pas. Elle recula. La porte céda, s'ouvrant largement, et Fanfan aperçut par une autre porte, vitrée celle-là, mais dont les deux panneaux étaient repoussés, un salon qui donnait directement sur l'entrée. Il y voyait un grand sapin illuminé et il entendait les cris joyeux de la petite Laura.

Il avança encore. Il se trouvait à l'intérieur. Arielle chercha à le repousser sur le palier, mais n'y parvint pas.

— Va-t'en, François, dit-elle, furieuse. J'ai été folle de t'ouvrir.

— Tant pis pour toi. J'y suis, j'y reste.

Il la regardait, furieux lui aussi, mais si malheureux. Il fit un geste pour la prendre aux épaules. Mais, s'il la touchait, s'il l'effleurait même, c'était fini, il n'aurait jamais le courage de menacer, d'exiger. Il redeviendrait humble, il dirait oui à tout, même à son renvoi.

— Tu es fou, je t'assure !

— Pas fou, non, mais seul, répliqua Fanfan en s'efforçant de parler calmement. Seul pour Noël. Tu sais ce que ça signifie même pour quelqu'un comme moi ? Et, d'ailleurs, qu'est-ce que j'ai de moins que les autres, dans cette foutue ville ? Moi aussi je veux la joie de la fête, la lumière, les rires, les cadeaux.

— François… S'il te plaît…

— Aux Brosses, tu m'as dit que tu m'aimais. Je t'ai crue. Tu m'as dit aussi que tu ne t'étais pas mariée à l'église et que tu pouvais donc tout recommencer avec moi, en accord avec notre religion, sinon avec ma conscience, ajouta-t-il. Ton mari ne se souciait plus de toi, tu me le racontais, et tu jurais que tu ne l'aimais plus. Je t'ai dit : « On se mariera, et ta gosse sera la mienne » ; tu n'as pas dit oui, d'accord, mais tu n'as pas dit non. Il y a un proverbe qui assure : *« Qui ne dit mot consent ! »* J'ai pensé que tu consentais. Mais tu changes de sujet quand je parle d'avenir. Et, depuis des semaines, tu ne veux même plus que je te prenne dans mes bras. Même ça, c'est fini. Il y a sûrement une raison. Si je ne suis pas remplacé, c'est que tu en espères un autre. Et, cet autre, c'est peut-être bien ce mari que tu n'aimes pas, selon toi !

Arielle ouvrit des yeux effrayés.

— Tais-toi, François. Il y a la domestique… Je t'en prie !

Voilà qu'elle priait, à présent ! Fanfan eut un mauvais sourire.

— François, des choses ont changé, c'est exact. Je ne voulais pas te faire de mal, chuchota Arielle, et c'est vrai, j'étais bien avec toi, aux Brosses. Je t'ai demandé de venir, c'est vrai aussi, et c'était une erreur. Je l'ai compris très vite. Mon mari m'écrivait. Il regrettait que ça n'aille plus entre nous. A présent, il est prêt à renoncer à travailler à l'étranger dès que ce sera possible. Moi aussi j'ai voulu le revoir. Nous avons décidé de nous donner une autre chance. C'est le père de Laura, tu comprends, et je l'ai aimé, follement. J'aurais voulu te l'expliquer, mais j'ai été lâche. Je dois te l'avouer franchement. Nous deux, François, ça doit finir. C'est fini.

— Beau cadeau de Noël que tu me fais là !

— François, je t'en supplie, essaie de comprendre et va-t'en, il va arriver bientôt. Il ne sait pas que j'ai eu une liaison.

Elle regretta aussitôt d'avoir avoué cela, en voyant briller les yeux de Fanfan.

— Il ne sait pas, ah bon… Écoute, je ne m'en irai pas. Aux Brosses, c'est toi qui me retenais : « Encore un moment, François, ta famille attendra bien ! » François Planchet te plaisait. Mais lui ou un autre, hein ! Pourvu qu'il ne soit pas exigeant, et comme justement ce pauvre idiot de François le devient, par la même occasion il devient gênant. Et on découvre qu'on aime toujours son mari.

— François, tu vas ameuter tout l'immeuble !

Il prit les mains d'Arielle, durement, et l'amena à sa hauteur. Dans les yeux de son amie, levés sur lui, suppliants et mouillés de larmes, il planta un regard bravache. Elle ne l'attendrirait plus, avec ses mines.

— Tu sais ce que je vais faire, Arielle ? Attendre ton mari en bas.

— Tu ne le connais même pas, riposta Arielle, se rassurant.

— Tu crois ça. J'ai passé assez de temps aux Brosses à étudier sa photo. Je lui dirai… Je lui dirai tout, tu entends, et aussi comment tu parlais de lui, en te moquant, souvent. Je lui dirai que tu voulais divorcer.

La petite fille chantait, Fanfan l'entendait bien, à présent. Une odeur évoquant Noël arrivait jusqu'à lui : celle des mandarines, et de la résine. Le sapin, coupé depuis peu, devait pleurer encore des larmes de sève.

— Tu feras ça, tu oserais !

— Je le ferai, oui. Pour que tu tiennes tes promesses, je ne reculerai devant rien, même si c'est moche !

— Alors tu dois savoir. Même si Étienne apprenait tout et ne me pardonnait pas, même si tu brisais définitivement notre ménage, François, je ne retournerai jamais avec toi. Tu n'es… tu n'es qu'un…

— Oui ? Un quoi ?

Sa voix menaçait. Elle blêmit. Elle comprit qu'il était déterminé.

— Laisse-moi en paix, François. J'ai eu tort, je l'admets. J'ai mal agi envers mon mari, mais aussi envers toi, et à présent je veux remettre ma vie en ordre, essaie de comprendre. Je ne veux plus te revoir. Jamais…

Il la lâcha brusquement, il recula sur le palier.

— Très bien, ma fille. Ton mari saura. Je ne t'aurai pas, mais tu seras punie, tu le mérites. D'après ce que tu m'en racontais aux Brosses, ce monsieur, en effet, n'est pas du genre à pardonner. Cette fois, ce sera lui qui pensera au divorce et il ne fera pas traîner les choses.

Fanfan se rua dans l'escalier, quitta l'immeuble. Il s'installa dans la cabine vitrée en face de la résidence. De là, il pouvait surveiller les parkings et la rue et il était à l'abri du vent froid.

Il était tard et la rue se vidait, les lampadaires n'éclairaient plus que quelques couples qui s'attardaient. Dès que le mari d'Arielle descendrait du taxi, il se précipiterait et il crierait : « Regardez-moi bien ! Je suis celui avec qui Arielle vous a trompé pendant des mois, celui à qui elle a promis de l'épouser après avoir divorcé ! » Comment réagirait l'homme ? Lui balancerait-il son poing dans la figure ? Mais Fanfan saurait esquiver, se tenant sur ses gardes. A moins que l'ingénieur ne lui demande des détails sur cette « affaire » ! Eh bien, s'il en voulait des détails, il en aurait ! On lui raconterait le temps des Brosses. Et, s'il ne le croyait pas tout à fait, lui, Fanfan, donnerait d'autres explications. Il raconterait comment Arielle l'avait fait venir à Lyon. Avec les poings ou avec des mots, ou avec tout cela ensemble, on réglerait l'affaire. Peut-être que l'homme ulcéré dirait : « Emmenez cette garce, je n'en veux plus ! »

Fanfan rit tout haut, un rire à se faire peur lui-même ! Rien ne se passerait peut-être comme il se l'imaginait. Plus personne dans la rue à présent, pas même un chat, selon l'expression consacrée. Sourde luisance des lumières sur l'asphalte, un halo doré cernant sa prison de verre… Fanfan finit par en sortir et il marcha rapidement vers l'immeuble. Il ne s'agissait pas de manquer l'ingénieur, l'heureux mari hier trompé, aujourd'hui attendu avec impatience.

Un couple et une enfant parurent dans la rue déserte. L'homme portait des paquets enveloppés dans du papier brillant, la femme serrait contre elle la petite fille en duffle-coat au capuchon relevé. Fanfan regarda passer l'homme et la femme, avec cette petite fille entre eux qui les réunissait, cette enfant trait d'union. Il pensa à Laura, la fille d'Arielle. S'il parlait, s'il atteignait son but, Laura n'aurait plus de foyer. Elle serait écartelée entre un père et une mère désormais remplis de haine.

Le couple était déjà loin, ils étaient passés sans un regard pour lui, le solitaire, l'affamé d'amour. Fanfan avait froid. Alors il retourna à la cabine et s'y enferma de nouveau. De la monnaie tintait encore dans ses poches. Il composa le numéro d'Arielle, sans réfléchir. Il avait une crampe au niveau de l'estomac — ou du cœur, allez savoir.

— C'est encore toi, François !

Sa voix tremblait. Elle avait peur. Tant mieux.

— Eh oui, c'est *encore* moi !

— Tu guettes ?

— Exactement. Mets-toi à la fenêtre et tu me verras, juste en face.

Parole, elle sanglotait ! Mais Fanfan n'arrivait plus à se réjouir. Il devinait qu'Arielle était sincère en parlant de reconstruire son foyer autour de Laura. Et Fanfan, qui avait un bon fond, pour parler comme la mère, s'entendait prononcer des phrases que son brave cœur lui dictait, malgré tout.

— Écoute, ne t'en fais plus, ne crains rien, je ne veux pas ficher ta vie en l'air, même si, la mienne, tu l'as mise sens dessus dessous. Je vais partir. Je ne dirai rien. Je t'oublierai. Enfin, j'essayerai.

Au bout du fil, il n'y avait plus qu'un silence incrédule.

— Tu entends, Arielle ? C'est un adieu. Désormais tu seras tranquille. Je disparais de ta vie. C'est… c'est le cadeau de Noël que je fais à ta fille.

— François… merci !

Il raccrocha immédiatement. Il ne voulait pas entendre des paroles d'encouragement, des « bonne chance » ! Il ne voulait pas prononcer d'autres mots. Il aurait pu lui crier qu'il partait, mais qu'il l'aimait toujours. Il aurait pu lui aussi éclater en sanglots. Il sortit de la cabine en même temps qu'un taxi s'arrêtait devant l'immeuble. Un homme en descendit, tenant un bagage cossu, et, à la lueur des réverbères, Fanfan le vit parfaitement et le reconnut. C'était l'homme de la photo. Il était très grand, il avait les épaules larges, son costume sortait d'un bon faiseur. Le chauffeur du taxi retira du coffre de la voiture d'autres bagages, des valises plates et une quantité de paquets enrubannés, les cadeaux pour Arielle et la petite fille. L'homme avait le sourire heureux, l'air impatient de ceux qui rentrent chez eux après une longue absence et qui se savent attendus.

Fanfan se détourna et, du poing, il écrasa deux larmes sur sa joue.

*
* *

Faire son baluchon ne lui avait pas pris beaucoup de temps et il avait jeté son sac dans la deux-chevaux. Il s'en était allé sans un regard derrière lui. Il traversa la ville, c'était facile à cette heure. Il ne prit pas l'autoroute, mais une nationale qu'il connaissait un peu, l'abandonnant bientôt dans la vallée du Rhône. Puis il attaqua directement le coteau. Ce serait plus dur, mais plus court. Le vent secouait la toile usée de la capote. Fanfan grimpa, ainsi, une bonne heure, se concentrant sur sa conduite, s'interdisant même de penser. Puis il perçut plus qu'il n'entendit un fourmillement étrange dans le silence que seul avait troublé jusqu'ici le bruit du moteur asthmatique. Dans la faible lueur des phares, Fanfan vit tomber la neige, et il se mit à rire, avec des larmes dans les yeux.

Il roula encore — longtemps —, et tout était blanc déjà, blanc dans la nuit qui pesait à peine.

A un endroit difficile, il s'arrêta, rangea la voiture sur le côté de la route. Ça patinait, impossible de continuer ; il n'avait pas de pneus neige, mais quelle importance ! Il n'était pas loin à présent.

Fanfan descendit, prit son sac qu'il pendit à l'épaule, par la courroie. Il s'éloigna. Pas besoin de la lumière du jour pour se repérer. Il allait prendre ce chemin qui contournait le village et montait droit sur la Roussière. La neige tombait avec une douceur mortelle, mais il n'avait pas peur. Ses pieds l'entraînaient. Il ne pouvait pas se perdre sur le Replat, si mal nommé, son pays bossu et faussement étalé où les champs s'installaient où ils pouvaient, entre les rochers et les sapinières.

Et Fanfan, cette nuit-là, qui était une nuit de métamorphose pour lui, allait à la rencontre de cette neige qu'il appelait la dame blanche, la dame des neiges, comme le disait aussi le père à la veillée quand il racontait des histoires fantastiques, inventées souvent par lui ou modifiées à son gré, des histoires que l'enfant écoutait bouche bée.

Fanfan marchait résolument au milieu du chemin qui s'était rétréci. Bientôt son auto serait recouverte par la neige, bloquée à l'endroit où il l'avait laissée. Qu'importe ! Ici il n'en avait pas vraiment besoin. La dame blanche lui tenait compagnie, l'enveloppait de son manteau. Il n'avait pas froid, il n'avait pas faim, il ne sentait pas la fatigue et, quand la dame des neiges le baisait sur la bouche tendrement, ses baisers glacés lui laissaient pourtant les lèvres chaudes et le cœur brûlant. Après les chemins, il s'engagea dans les sentiers, prit les raccourcis qu'il connaissait par cœur. Fanfan sentait la Roussière, guidé par l'instinct comme un chat. Les flocons tombaient sur lui avec une légèreté ludique ; leur contact lui rappelait la douceur des pétales des aubépines, et ça le replongeait dans son adolescence, quand il vivait au jour le jour et s'en trouvait bien, avec l'estime du père et l'attention bourrue de la mère, l'affection d'Yvonne, la tendresse câline de Pascal et l'amitié si tendre de Géline. Il avait le bonheur et il ne le savait pas.

Au moment où Fanfan entra dans la cour de la ferme, les cloches de l'église, en bas, au village, se mirent en branle. Le garçon s'arrêta ; son cœur battait très vite. Il les écouta chanter la joie de Noël. Quand elles se turent, Fanfan avança. Le chien d'Yvonne aboya avec affection, mais brièvement, histoire de le saluer, et il retourna se calfeutrer dans la paille qui bourrait sa niche. L'animal n'avait pas pris son départ au sérieux. La fenêtre de la salle était toujours éclairée malgré l'heure tardive. Fanfan courut vers la maison, tapa à la porte. On ne répondit pas. Il entra. Le père n'était pas couché, il se tassait dans son fauteuil roulant, devant le poêle. De ses pauvres mains déformées, l'infirme avec une certaine adresse épluchait les châtaignes chaudes. Du seuil, Fanfan le contempla. Pauvre père, presque sourd, qui n'avait même pas entendu le bruit de la porte qu'on pousse… Il avait son béret noir enfoncé jusqu'aux yeux ; il le gardait toujours l'hiver, ça lui tenait chaud et lui évitait de s'enrhumer.

Un élan de tendresse, les remords aussi, précipitèrent Fanfan vers le vieil homme.

— Père ! Je suis là !

Fanfan se plaça près du fauteuil, du côté où le père avait sa meilleure oreille. Le père l'entendit, le vit et sourit, pas plus surpris que le chien, dehors.

— Me voilà, père !

Oh ! ce sourire bouleversant du vieux, qui tremblait un peu, étirant un seul côté de sa bouche ! Le père informa Fanfan. Les femmes se trouvaient à l'étable. Le jeune homme crut qu'il s'agissait de sa mère et d'Yvonne.

— Et Pascal ?

— Le petit est dans la vallée, chez son oncle. Tu n'as pas faim ? Moi, si. Va donc leur dire de se hâter un brin.

Fanfan courut à l'étable, mais à la porte il s'arrêta, inquiet. Comment la mère l'accueillerait-elle ? Avec cette femme-là, ça ne serait pas aussi simple qu'avec le père. Il poussa la porte, hésitant. L'étable était éclairée, même dans le coin des moutons, séparé par une barrière. Géline vit Fanfan la première. Elle poussa un léger cri, provoqué par la surprise. Intriguée, la mère se retourna. Quelque chose se dénoua sur son visage, comme les mailles d'un ouvrage trop serré. Elle jeta un cri à son tour. Un cri de joie qu'elle tenta de refréner.

— Alors, te voilà !

— Me voilà, oui.

— Tu arrives un moment trop tard ; tu as failli voir naître le veau de ta Blanchette. C'est Géline qui l'a sauvé, expliqua la mère, encore sous le coup de cette arrivée inattendue. Les choses se présentaient mal. Géline est habile de ses mains, elle a l'intuition de ce qu'il faut faire.

— Je sais.

— Alors tu reviens ! répéta la mère.

Et abruptement :

— Pour longtemps, on peut savoir ?

Fanfan lui sourit tristement.

— Jusqu'à ce que tu me mettes à la porte !

La mère grommela quelques mots indistincts, puis :

— A la porte de chez toi, comment je pourrais faire… Bon, je vais mettre le couvert.

— A propos, le père a faim, il me l'a dit, et s'impatiente. Moi aussi j'ai faim, avoua Fanfan. Le voyage m'a creusé et puis j'ai dû laisser ma voiture en bas de la côte et marcher jusqu'ici, dans la neige.

Si Fanfan comptait se faire plaindre, il se trompait. Mais Marie Planchet daigna l'informer :

— Il y a des pommes au four, cuites caramélisées comme tu les aimes ; j'ai profité de ce qu'une volaille rôtissait…

— Oui, j'ai senti l'odeur, à la cuisine.

La mère passa devant lui.

— M'man, dit-il tout bas, avec de la réticence encore, mais autant de tendresse que de pudeur. Est-ce que tu me pardonnes ?

La mère haussa les épaules et, sans se retourner, elle lança sur le même ton :

— Idiot, va !

Ce fut tout. C'était bien suffisant pour une nuit comme celle-ci. La mère s'engouffra dans la maison. Fanfan resta immobile sur le seuil de l'étable avec Géline près de lui. Il prit les mains de la jeune fille dans les siennes. Qu'elles étaient petites, ces mains-là, pourtant si habiles, qui avaient tiré un veau mal placé du ventre de la Blanchette ! Il les pressa plus fort. De nouveau, le chant des cloches montait du trou où se serrait le village.

— Géline, il faut que je te dise…

— Ne dis rien. Tu es là. C'est ça qui compte !

Il enlaça la fille. Un seul bras suffisait pour bien l'envelopper. La joue de la petite arrivait juste à la hauteur de son épaule.

— Je crois que t'es un peu sorcière, hein, Géline ? Comme ta grand-mère ! Tu m'as fait revenir !

— Sorcière ? Ça, je ne te le dirai pas, Fanfan. Il faut que tu conserves un brin de crainte.

La mère avait ouvert la porte de la salle et elle les appelait avec de grands gestes.

— Vous venez, les enfants ? J'ai servi.

Puis, tournant le fauteuil du père pour que celui-ci pût voir à la fois le couple qui s'avançait et la neige qui dansait, si blanche dans le rectangle sombre de la porte, elle dit :

— Ça tombe dru, hein, Jules ?

Et le père riposta, triomphant :

— Il neige toujours pour Noël à la Roussière !

Sa voix, péremptoire et joyeuse, allait droit au cœur de Fanfan et le trouvait enfin en paix.

XVIII

C'était la première fois qu'Yvonne Planchet couchait à l'auberge. Après la messe de minuit, qui finissait d'ailleurs bien avant les douze coups, Pascal l'avait raccompagnée, avec Toni. Ils ne comprenaient pas tous deux pourquoi elle n'avait pas voulu dormir dans la maison.

Yvonne s'était réveillée tôt, elle avait fait sa toilette et, à présent, elle regardait par la fenêtre qui donnait sur la place. Elle vit soudain son fils traverser en courant, le visage tout réjoui.

— Maman ! On a téléphoné chez Toni ! Devine qui !

Yvonne n'aimait pas les devinettes. Et puis elle ne voyait pas qui pouvait les appeler dans la vallée.

— Mon oncle Fanfan, maman !

Alors, là, elle accusa le coup.

— Mais… d'où appelait-il ?

— Du village ! Du Replat ! Et de l'épicerie, précisément. Fanfan est rentré à la Roussière, maman ! Après tous ces mois sans donner signe de vie.

— C'est bien, dit Yvonne d'une voix sourde, le père et la mère doivent être contents.

La nouvelle lui avait mis au cœur, cependant, une espérance neuve et un désir nouveau, celui de vivre enfin pour son compte. Elle suivit Pascal avec empressement. Le repas de Noël était prévu chez Toni. Elle prit ce repas de fête, assise entre l'homme et l'enfant. Par la fenêtre, en face, Yvonne voyait la flèche érigée du clocher, pointée vers le ciel blanc. La neige avait tourbillonné pendant la nuit, mais n'avait pas tenu. Il faisait doux. Là-haut, sur le Replat, il devait y avoir une bonne couche. Le Replat, la Roussière… Ça lui paraissait si loin tout à coup. Toni avait commandé le repas chez un charcutier traiteur. C'était bon, et Yvonne était ravie, au fond, qu'on la serve. Pour une fois, ça changeait.

Au centre de la table, dans un cruchon, Toni avait disposé quelques ellébores, délicates roses de Noël. Cette attention avait touché Yvonne. Selon son habitude, elle parla peu. C'était sa nature, mais elle constata que la langue de son fils s'était déliée et qu'il était à l'aise dans la conversation pour donner la réplique à son oncle.

La pensée de savoir Fanfan à la Roussière avec les parents et peut-être Géline lui tirait parfois un sourire.

— Je me demande si la neige est tombée sur le Replat, dit Pascal.

— S'il y en a eu ici, alors là-haut, tu penses… Et puis la neige tombe toujours pour Noël à la Roussière.

Toni proposa les fromages. La vue du plateau de paille tressée, bien garni, rappela à Yvonne le haut pays et ses moutons. Son cœur se serra. Le retour de Fanfan lui apparaissait comme un signe. Il épouserait Géline comme on l'avait espéré, et ce serait bien ainsi. Mais elle n'aurait plus sa place là-haut. La femme du fils reprendrait le troupeau, c'était son rôle. D'autant plus qu'Yvonne n'était pas pauvre, selon leurs critères paysans. Il y avait ces terres de la vallée qui leur appartenaient, à elle et à son fils.

— Voilà la bûche, exulta l'hôte, et, avec, une salade de fruits. Ce sont de gros abricots, des « suchets », et des cerises et des poires de la vallée du Rhône.

— C'est délicieux avec du rhum, affirma l'invitée.

Son garçon l'observait. Yvonne osa sur ses lèvres un faible sourire, qui réconforta Pascal.

— Trois heures déjà ! fit Toni. Tu ne vas pas remonter à la Roussière ce soir, les routes doivent être dans un état, avec la neige… Tu gardes ta chambre à l'auberge, n'est-ce pas ?

— Reste, maman ! implora Pascal.

Le garçon se leva.

— Où tu vas ? s'étonna Yvonne.

— Rejoindre des copains, maman.

Elle croisa le regard de Toni. « Laisse ! » semblait demander ce regard.

— Tu me demandes de rester dans la vallée et une seconde après tu m'abandonnes !

Pascal se mit à rire.

— Oh ! tu n'es pas seule ! Et oncle Toni ?

— Si nous marchions un peu, Yvonne, proposa le menuisier. Ça nous ferait digérer.

Pascal avait filé. Yvonne enfila son manteau, noua son foulard. Ils prirent le chemin du fleuve, sans même se concerter. Elle se souvenait de la fête, en été, de ces gens de la vallée, plus gais, plus communicatifs que ceux des hauteurs, qui étalaient sous les arbres les couleurs claires de leurs vêtements légers.

— Toni, j'espère que tu connais les copains de Pascal.

— Les copains... et les copines, oui, je les connais. Tous de bons garçons. De gentilles petites.

— Les filles, déjà ?

— Eh bien ? Il n'y a pas de mal à ça !

Elle ne répondit pas. Ils passèrent devant Le Cani. A travers les vitres de ce petit café, ils aperçurent Pascal, près du baby-foot, avec des garçons de son âge et trois adolescentes rieuses. Yvonne s'étonna de ces manières nouvelles que son fils avait avec ces gamines : celles d'un jeune homme ! Elle en fut toute remuée et prise d'une sorte de chagrin. Pascalou grandissait, il lui avait déjà échappé ! Le désordre de ses sentiments était tel qu'elle ne voyait pas où l'entraînait Toni, bien plus loin, le long du Rhône. Le vent, léger, agitait le bout des peupliers tout nus. Des saules entrelacés ployaient leurs branches comme des lanières sur l'eau où tremblait leur reflet pénétré de poissons petits et vifs comme des traits d'argent. Enfin, Yvonne réalisa, et elle frissonna. Elle s'écarta intentionnellement du fleuve.

— Je voudrais aller au cimetière, dit-elle.

— Eh bien, allons-y !

Elle marchait, le précédant de son grand pas de paysanne. Il n'y avait personne dans les rues.

Le vent augmentait et giflait leur visage. Yvonne avait oublié la Roussière, ses parents, Fanfan qui était revenu. Elle suivait les rues longues, traversait les placettes.

Toni ne disait rien, il la laissait aller la première ; il la suivait sans chercher à la rattraper. Quand ils eurent marché jusqu'au bout de la petite ville, Toni s'arrêta près des grilles ; il l'attendrait ici.

Yvonne n'avait pas pénétré en ces lieux depuis… depuis des années. Elle s'arma de courage. Elle entra. Les nuages gris s'écartèrent, poussés par le vent, et un timide soleil, quelques instants, inonda la vallée. A sa lueur presque joyeuse, Yvonne oublia aussi l'hiver. Pas celui qu'elle vivait, mais un autre, lointain, où les nuages crevés répandaient sur la ville une pluie diluvienne. Elle trouva le dernier lit de l'homme aimé, sous un cyprès. Elle s'était attendue à un peuplier ; ça aurait mieux convenu à un fils du fleuve. Sur la couverture de terre était resté un peu de neige et cette blancheur formait comme un drap fraîchement changé. La veuve s'assit sur le rebord de ciment, fixant cette glèbe rougeâtre de la vallée que ne dissimulait pas complètement la mince pellicule givrée. Cette glèbe alluviale qui recouvrait son amour. Ce qu'il en restait.

A mi-voix, elle supplia :

— Nando, amour de ma vie, qu'est-ce que je dois faire, dis ?

Elle ferma les yeux, tout piquants. Ce n'était pas dû au vent froid, mais à cette douleur en elle qui ne se calmerait jamais. Elle revit le visage rieur de Nando, sa bouche qui naguère souriait toujours et qui, si bien, savait dire : « *Mon amour, mon amour.* »

Troublée, Yvonne se leva. D'ailleurs elle frissonnait.

Elle ne se sentait nullement consolée. Nando n'avait pas répondu.

Elle fit le tour du cimetière. Elle retrouva l'allée, elle arriva aux grilles. Devant, il y avait Toni, qui semblait méditer. Il la vit et dit :

— Viens, à présent.

— Conduis-moi de nouveau près du fleuve, demanda-t-elle.

Il ne posa pas de questions. Elle marchait vite, comme à l'aller. Pourtant elle était lasse, ses jambes la brûlaient et son visage était chaud, comme en été. Ils retrouvèrent cet endroit où la foule, en juillet, applaudissait les passes de Pascal. Quand la musique, le tambour scandaient chaque bravo ! Quand l'enfant obtenait ses premiers triomphes de *sauveteur* !

Il lui avait désigné Toni, trempé de la tête aux pieds :

— Mon oncle a été vaincu aujourd'hui, tu te rends compte !

— Il faut savoir perdre ; et perdre fait partie du jeu. Tu l'apprendras !

L'enfant avait hoché la tête.

— Oui, tu as raison, maman… Mais regarde oncle Toni, ce qu'il est drôle !

Pascal avait son rire d'avant, si vite refleuri après ces longs mois de lutte sourde avec sa mère.

Toni Marrion, son maillot de coton plaqué sur sa poitrine musclée, se tenait devant eux. Avec une grimace, dans un geste comique, il avait tordu le bas de son pantalon blanc…

— A quoi donc tu penses, Yvonne ? lui demanda Toni.

Elle sursauta. Pouvait-elle lui répondre : « A toi, précisément ! » Elle biaisa.

— Je te revoyais cet été, quand tu es apparu trempé comme une soupe !

— C'est vrai, je n'étais pas fier et le gamin qui se moquait, tout malicieux : « Il t'a bien eu, oncle Toni, ton adversaire du bateau rouge ! » Je lui ai répondu, je crois : « Je me fais moins jeune, que veux-tu, mais Dieu merci tu es là pour la relève, c'est toi l'espoir à présent, Pascal Marrion ! »

— Oui, je me rappelle.

Elle se souvenait, aussi, de la bouffée d'orgueil sur le visage de l'enfant. Et comment il régnait déjà en prince sur ses nouveaux amis de la vallée, filiformes gringalets ou précoces costauds, enfin, toute une génération nouvelle de fils du fleuve, qui l'entraînaient enthousiastes vers la buvette dressée sur des tréteaux pour fêter sa victoire avec un demi de bière ou du coca-cola.

Elle avait remarqué :

— Il est devenu bien plus sociable, mon fils ! De jour en jour, il est davantage « Marrion »…

— Et ça t'attriste ?

— Mais non !

Elle revoyait les gens qui les observaient, curieux mais bienveillants, échafaudant déjà le mariage du second jumeau avec la veuve du premier, reparue brusquement. A la messe, hier, on les avait beaucoup regardés.

— Où sommes-nous ?

— Tout près de cette île qui va certainement devenir un site préservé. En continuant, on touche le fleuve.

Toni avait évité la boucle du Rhône, la jachère, la maison en ruine sous le lierre dans les hautes herbes jaunies par l'hiver. Là-bas où, dès le mois de mars, fleurissaient les pruniers sauvages.

Là-bas où Nando était trop présent… bien mieux qu'au cimetière.

Ils se dirigèrent sous les peupliers dont les cimes nues raclaient le ciel, comme de grands balais. Ils descendirent sur une étroite plage de galets où frétillait le fleuve. Un instant, ils se tinrent côte à côte, muets, le regard errant sur le fauve assagi.

Le vent soufflait toujours, dispersant les nuages. Le ciel s'éclaircissait de bleu.

— Il ne neigera plus, dit Yvonne, et là-haut, à la Roussière, ça va geler.

— La Roussière, dit Toni, songeur. Pascal ne l'a pas oubliée, ne va pas croire ! Mais… ton fils s'est tourné vers la vallée, là d'où il vient. Il souhaite y demeurer toujours, ne plus remonter là-haut que pour embrasser la famille. Il me l'a dit. Qu'est-ce que tu en penses, Yvonne ? Ce garçon est-il un ingrat vis-à-vis des Planchet ?

Yvonne tourna la réponse à sa façon.

— Un ingrat, oh non, mais la Roussière ne peut plus nourrir ni l'enfant ni la mère. La Roussière désormais appartient à Fanfan, et plus tard elle ira à son fils.

Sans la regarder, Toni dit encore :

— Ici, dans la vallée, il y a une place pour toi, Yvonne. Ton garçon n'est pas encore un homme. Il a besoin de toi.

— Peut-être, mais un jour, dit-elle sourdement, Pascal prendra une compagne et je serai de trop dans la maison qu'il construira pour elle.

— Je ne pensais pas seulement à ton fils et à la maison qu'il bâtira un jour sur le coteau. Il y a la mienne, derrière l'église ; elle est tournée en partie vers le Pilat, c'est peut-être la seule qui ne regarde pas le fleuve.

Toni prit la main d'Yvonne, gauchement. Puis il osa jouer avec les doigts de la femme, abîmés par les durs travaux de la Roussière. Enfin, il la regarda tout à fait. Le sourire de Toni était grave, ses yeux étaient bleus ce jour-là comme le Rhône sous le ciel dégagé, ce Rhône déconcertant, pensait Yvonne, et Toni lui ressemblait parfois, plein de force et de violence contenues.

Elle retira sa main de celle de Toni, mais sans faire preuve de sa brusquerie habituelle. Elle s'assit sur un tronc, devenu d'une blancheur d'os. Elle s'était mise au bout et Toni put s'asseoir près d'elle.

— Yvonne… Si je te dis : « Mon amour », est-ce que tu me crieras : « Tais-toi » ? Yvonne, réponds-moi !

Elle rit.

Tristement.

Le visage de Nando, comme au cimetière, emplissait son esprit. *Nando, mon amour, mon amour...*

« Oui, Yvonne, je veux cela », assura dans le cœur d'Yvonne la voix de Nando, le premier des bessons, celui qui n'avait pas vieilli.

Celui qui ne vieillirait jamais.

Le second jumeau, celui qui restait, reprit la main de sa compagne. D'un mouvement bref de la tête, il désigna le fleuve, large ici, brillant en son milieu et nappé de bleu sur les rives. Dans moins d'une heure, tout cela serait effacé sous la cendre du crépuscule, mais, pour l'instant, l'azur s'attardait.

— Vois, Yvonne ! Le fleuve parfois est calme et tout bleu !

— Tu me l'as dit un jour. C'est vrai. Il faut savoir le regarder.

Toni posait sur elle un regard implorant. Touchant l'épaule de l'homme, Yvonne, à travers le blouson, traça le parcours d'une cicatrice en creux léger, sillon marquant la blessure ancienne, refermée.

Elle soupira :

— Autrefois. Hier encore, j'ai été injuste !

— C'est oublié. Pour autrefois. Et pour hier.

Toni se rapprocha d'Yvonne. Si près qu'elle perçut l'odeur de ses cheveux. Cette odeur, Yvonne l'aima, et pourtant elle s'apparentait un peu à celle du fleuve, l'été.

Le soleil avait fait fondre ce qui restait de neige ; on voyait la terre brune, avec ses reflets dorés. Et le Rhône passait au milieu, la partageant sans la diviser. Le Rhône, presque bleu.